Emma Bieling

Rapunzel auf Rügen

atb aufbau taschenbuch

Emma Bieling lebt mit ihrer Familie in Sachsen-Anhalt.

Von ihr erschien bisher im Aufbau Taschenbuch der Roman: »Cinderella auf Sylt«.

Jessica glaubt an ihre große Karriere als Schauspielerin. Leider ist sie pleite und kann ihre Schule nicht mehr bezahlen – sehr zum Leidwesen ihres schwulen Freundes Richard. Auf Rügen findet sie eine Arbeit bei einem kleinen Unternehmen, das sich auf Seebestattungen spezialisiert hat. Gleich ihr erster Einsatz geht schief. Die Asche von Alfred Zapf landet nicht im Meer, sondern auf Deck. Doch der Sohn Hendrik, seines Zeichens Tierarzt, nimmt es ihr nicht übel, ganz im Gegenteil.

Emma Bieling

Rapunzel auf Rügen

Roman

atb aufbau taschenbuch

FSC
www.fsc.org
MIX
Papier aus verantwortungsvollen Quellen
FSC® C083411

ISBN 978-3-7466-2915-5

Aufbau Taschenbuch ist eine Marke
der Aufbau Verlag GmbH & Co. KG

1. Auflage 2013

Umschlaggestaltung Mediabureau Di Stefano, Berlin
unter Verwendung eines Motivs von © plainpicture/Anja Weber-Decker
und © Okapia/imagebroker/Daniel Schoenen
Druck und Binden CPI – Clausen & Bosse, Leck
Printed in Germany

www.aufbau-verlag.de

Der Künstler steht da zwischen dem Endlichen und Unendlichen; wo beide aneinanderstoßen, fängt er den Blick des Gewitters auf, hält ihn fest und gibt ihm ewige Dauer.

Jacob Grimm, deutscher Sprach-und Literaturwissenschaftler, mit seinem Bruder Wilhelm – die Gebrüder Grimm

Emma Bieling hat es wieder getan: Ein Grimmsches Märchen in die heutige Zeit platziert und damit die Fantasiewelt der Gebrüder Grimm mit dem oftmals tristen Alltag verknüpft.

Helga Glaesener

Ich danke:

Marcus, der mich durch jedes Kapitel
hilfreich begleitet hat.
Carsten für die spontane Hilfe
während meines Schreibmarathons.
Meinem Sohn für sein engelgleiches Verständnis, Fingerfußball ohne Mama zu spielen.
Meinem Lektor, der mir gewiss graue Haare
zu verdanken hat.
Meinem Buchplaner für die fortwährende Geduld.
Sowie dem gesamten Verlagsteam und jenen kreativen
Köpfen, denen ich das wunderschöne Buchcover
verdanke.

Vielen Dank!

Prolog

Ein Meter fünfundzwanzig lange Haare zu haben ist nicht so leicht. Man bedenke die Zeit, die selbiges Haar benötigt, um zu trocknen nach der Wäsche. Ebenso den Shampoo-Verbrauch. Und dann auch noch das Kämmen … Ohne Hilfe fast unmöglich. Warum nicht einfach abschneiden, fragen Sie sich? Weil ich Jessica Waldmann bin, das perfekteste Rapunzel-Double der Neuzeit. Natürlich auf der Theaterbühne, wo sonst. Das jedenfalls ist mein größter Wunsch – das Ziel, für das es lohnt, zwei Kilogramm Haar und den Spitznamen »Rapunzel« mit sich herumzutragen. Und eigentlich war ich auch schon auf gutem Wege dahin, wenn da nicht dieser blöde Unfall gewesen wäre – wenn dieser Passant nicht mitten auf der Fahrbahn gestanden hätte. Er musste meine Vespa doch gesehen haben, die ich übrigens liebevoll Mokkaböhnchen nenne. Anstatt stehenzubleiben, sprang der Idiot direkt vor meine neueste Trödelmarkt-Errungenschaft – eine übergroße Stahlbratpfanne, die ich hinter den Sitz meines Motorrollers gebunden hatte. Auf gerichtliche Gnade zu hoffen, hatte wenig Sinn. Und auch der Versuch, die sich anbahnende Strafe mit einem exklusiven Pfannenrezept zu mildern, schlug fehl. Der Richter war Vegetarier und verurteilte mich zu Schmerzensgeld – eine verdammt hohe Summe, die ich nicht bereit war zu zahlen. Was lief der doofe Kerl auch gegen die Bratpfanne …

Von wegen Gerechtigkeit!

»Ich dachte, du magst ihn, den Kuckuck.« Elke verkniff sich ein Lachen.

»Sehr witzig!« Ich schob die Gardine beiseite und blickte dem staatlich legalisierten Geldeintreiber hinterher, der mit festen Schritten zu einem dunklen Audi lief.

Quattro, was sonst, dachte ich und wendete mich Elke zu. Noch immer stand sie am Türrahmen gelehnt und verzerrte ihre Miene zu einem Grinsen.

»Was ist?«, zischte ich sie an. »Ist dir das noch nie passiert?«

»Doch. Aber ich hatte den Kuckuck noch nie auf einer Sonnenbrille sitzen«, kicherte sie losgelassen. »Upps, ich meinte doch kleben.«

»Ach was.« Ich winkte ab, nahm meine Tasche und lief nach draußen. Irgendwie hatte sie ja recht. Meine Gucci-Brille hätte er wahrlich auslassen können, zumal der Vogel direkt vorm linken Auge saß und meine Sehkraft einschränkte. *Da kann ja sonst was passieren!*

Die Nachricht vom Kuckuck ging schneller um als ein Kopflausbefall in einer Schulklasse. Und noch während ich am Latte Macchiato schlürfte, wusste es bereits Richard, mein bester Freund. Tief erschüttert trat er näher und setzte sich mir gegenüber. »Was höre ich da Schätzchen? Die haben deine Sachen gepfändet?«

Ich nickte, ohne aufzublicken.

»Und was brauchst du zur Auslöse?«

»Dreitausenddreihundert.«

Richard erblasste. »Meine Güte, ein stolzes Sümmchen.« Seine Augen wanderten zu seinem Fingerring. »Null-Fünfundzwanziger Karat. Was glaubst du, was der bringt?«

»Dein Tolkowsky? Vergiss es!«

»Aber …«

»Nein, Richard!«

Er griff sich in den Nacken. »Gott, bin ich verspannt. Und deine Laune macht es nicht besser.«

»Sorry. Ich weiß ja, dass es lieb gemeint ist, aber …«

»Was aber?«, drängelte Richard. Seine Augen blickten tief in die meinen, als fände er eine Antwort darin.

Ich versuchte seinen Blicken auszuweichen und zog den Rest meines Milchespressos durch den lustig bunten Strohhalm, der aus meinem Glas ragte.

»Ich warte«, mahnte er mich sichtlich ungeduldig, den Satz zu beenden. Dabei trommelte er mit seinen Fingern auf den Tisch. Ich ignorierte ihn und wendete mich zur Straße. »Sieh mal, Richard, Joe hat schon wieder eine neue Frisur.«

»Netter Versuch Schätzchen, aber …« Richard konnte nicht anders und blickte sich um. »Um Gottes willen! Welchem Haarjunkie ist der denn aufgesessen? Der Style geht ja gar nicht.«

Ich musste schmunzeln. Richard starrte auf seinen Ex, als sei der gerade zum Hetero mutiert. Angewidert spuckte er in Joes Richtung. »Ich weiß überhaupt nicht, was mir jemals an dem gefallen hat.« Dann schaute er wieder zu mir. »Sag schon, Rapunzel, was hat mich an diesem Typen fasziniert?«

»Sein Sexappeal?«, mutmaßte ich vorsichtig. Ich wollte keinesfalls alte Wunden aufreißen. Und schon gar keine weitere Nacht auf dem Sofa mit einem heulenden Richard und einer Familienpackung Tempos riskieren.

»Wohl eher eine vorübergehende Sinnestäuschung«, berichtigte er mit einem eleganten Kopfschwung.

»Klar, was sonst, Richard.«

Ein Tag später …

Mein Konto war auf Notstand und mein Sparbuch geplündert. Die Bankangestellte zählte mir die letzten Scheine vor und schob sie herüber.

»Hätten Sie vielleicht einen Umschlag dafür?«, fragte ich vor Angst, auch nur einen der grünen Scheinchen zu verlieren.

Mürrisch griff sie unter ihren Schalter. »Der wird wohl ausreichend sein«, erwiderte sie mit einem unfreundlichen Ton, während sie mir das Kuvert übergab. Ich schrieb pflichtbewusst den Namen des Gerichtsvollziehers darauf, steckte das Geld hinein und verstaute das Staatseigentum in meiner Handtasche. Eintausendsechshundert – pfutsch und weg! Und damit auch erstmal mein Traum – der Abschluss zur Schauspielerin. Mit einem Goodbye my Money, das durch meinen Kopf dröhnte, schlurfte ich die belebte Einkaufsstraße entlang. Ich musste an die Stellenanzeige denken, die ich im Vorraum der Bankfiliale gesehen hatte. *Servicekraft auf einem Seebestattungsboot*, stand dort geschrieben. Ich hatte keine Ahnung, was mich dort erwarten würde, war mir aber sicher, dass ich diesen Job wollte. Nur eine Saison, bis ich das Geld für die restlichen Schulden und die letzten zwei Semester zusammen hätte. Dann würde ich zurückkommen – zurück nach Berlin – und meine Schauspielausbildung beenden.

Die Schauspielschule lag nur wenige Minuten entfernt. Sarah, eine meiner Mitbewohnerinnen und ebenfalls angehende Schauspielerin, winkte mir aufgebracht zu. »Wo bleibst du denn? Die Knödelmeyer hat längst angefangen.«

Ich eilte ihr entgegen. »Verdammt! Ist Richard noch oben?«

Sarah schob mich in Richtung Szenen-Aula. »Keine Zeit mehr, geh ohne Maske, und präsentier der Knödelmeyer ein Rapunzel, wie es die Welt noch nicht gesehen hat.«

Ich schluckte. Ohne Make-up und Hairstyling? Das konnte nur schiefgehen. Niedergedrückt öffnete ich mein Haarband, während Sarah mir half, aus der Endlos-Mähne einen Zopf zu flechten.

»Was um alles in der Welt macht ihr da?«, kreischte es durch den Flur.

Erleichtert drehte ich mich zur Treppe. »Richard! Gott sei Dank.« Mir fiel ein Stein vom Herzen.

Leichtfüßig huschte er die Stufen hinunter. »Geh weg!«, fauchte er Sarah an. »Du ruinierst und zerzaust sie ja völlig.«

Er griff in mein herabhängendes Haar. »Nun sieh dir das an! Verfilzt, spröde, glanzlos.«

»Richard mach was!«, bettelte ich. Die Zeit wurde knapper, und meine Geduld schlug langsam in Panik um. Schließlich würde es eine meiner wichtigsten Schauspielszenen sein und der Grundstein für meine Zukunft. Mit der Laune einer verschmähten Prinzessin wühlte sich Richard kopfschüttelnd durch mein langes Haar.

»Tu doch was!«, schrie ich hysterisch. Kleine Schweißperlen kämpften sich allmählich durch jede Pore meines Körpers, und die Anspannung raubte mir den Atem.

»Ich versuche es doch! Halt still.« Gekonnt und mit der Fingerfertigkeit eines gelernten Visagisten, verwandelte er mich allmählich zum perfekten Rapunzel. Ich war begeistert. Und auch Sarah nickte aus sicherer Entfernung.

»Danke, Rich. Du bist der Beste.« Ich drückte Richard einen Kuss auf die Wange und rannte in die Aula – einem pompösen Abschlussauftritt entgegen.

Eine Woche darauf …

Ich hatte alles vorbereitet – den Tisch hübsch gedeckt, Essen gekocht und einen passenden Wein ausgewählt – alles, um meinen Freunden die Nachricht vom Wegzug zu überbringen. Ich musste eben den passenden Moment abwarten, den Augenblick der Ein-Promille-Phase. Bei Richard hingegen war das eher riskant. Er neigte unter Alkohol zu depressiven Heulanfällen, die sich dann meist über Stunden ausdehnten. Egal! Ich war bereit und starrte auf die Küchentür, hinter der ich die Stimmen von Elke und Sarah vernahm. Dann klopfte es. »Rapunzel? Dürfen wir?«

»Ja, kommt rein.«

Voller Stolz präsentierte ich meine Tischdekoration, die dezent in Stahlblau gehalten war und unter dem Motto »Abschied ist ein scharfes Schwert« stand. Im Hintergrund dudelte Roger Whittaker – eine CD, die ich im Keller gefunden hatte.

»Servietten mit Schwertern drauf?«, kicherte Elke los. »Will heißen, ich habe keine Ahnung, was du uns heute sagen willst.«

»Ich auch nicht«, pflichtete ihr Sarah bei.

Richard, der plötzlich ebenfalls in der Küche stand, schlug die Hände erschrocken vors Gesicht. »O Gott, du stirbst!«

»Nein! Tu ich nicht!«

»Gut. Dann nehme ich ein Feierabendschlückchen vor dem Essen.« Er setzte sich und hielt sein Weinglas in die Höhe. Und während ich eingoss, beäugte er das Etikett der Flasche. »Ach, wie schön, ein Pfälzer Riesling. Und ebenso trocken wie mein Liebesleben.«

Elke und Sarah verdrehten die Augen und nahmen Platz.

»Was gibt's? Nun sag schon«, begann Elke zu drängeln.

»Nach dem Dessert«, erwiderte ich und füllte auch ihre Weingläser.

Nachdem ich alle drei Gänge serviert und die vierte Flasche Wein ihre Wirkung gezeigt hatte, klopfte ich mit dem Löffel gegen mein Glas und erhob mich. »Also … Was ich euch sagen wollte … Na ja, wie soll ich anfangen? Ich habe eine Anstellung im Service bekommen und breche morgen nach Rügen auf.« Erleichtert sank ich zurück auf meinen Stuhl.

»Was? Für wie lange?« Elke sah mich fassungslos mit aufgesperrtem Mund an.

Richard verschluckte sich am Riesling und rang nach Luft. Krebsrot im Gesicht fuchtelte er mit seinen Händen herum, auf der Suche nach Worten. Und auch in Sarahs Gesicht war deutlich Kritik an meinem Vorhaben erkennbar. »Du spinnst doch!«

Dann herrschte Stille, für gefühlte zehn Minuten.

»Noch ein Gläschen?«, fragte ich in die Runde, in der Hoffnung, die Stimmung wieder etwas aufzulockern. Aber niemand reagierte auf mein Angebot.

»Was, zum Teufel, willst du auf Rügen?«, fragte Sarah.

»Und was wird aus der Premiere im nächsten Jahr? Keiner spielt Rapunzel so wie du«, argumentierte Elke.

Richard, der mittlerweile seine Stimme wiedergefunden hatte, hüstelte.

»Du verlässt mich für einen Job? Das kann ich nicht glauben! Und er bedeutet dir mehr als ich?«

Ich überlegte, wen er meinen könnte. »Wer?«

»Der Job, für den du mich verlässt. Oder hast du etwa auch noch einen besseren Visagisten gefunden und vergessen, ihn zu erwähnen?«

»Gott, nein! Ich serviere dort Getränke auf einem Bestattungsboot.«

Richard wurde bleich. »Tote? Du meinst, du fährst mit Verstorbenen übers Meer, die dann über Bord geworfen werden?«

Von dieser Seite hatte ich es selbst noch nicht betrachtet. Aber irgendwie stimmte es.

»Ja!«

»Du meine Güte … Du musst sie doch nicht etwa anfassen?«

Elke schlug die Hand vor ihren Mund. »Ich glaub, ich muss kotzen.« Sie sprang auf und lief hinaus. Sarah blickte ihr nach. Es schien, als überlegte sie, es Elke gleichzutun.

»Was ist eigentlich so schlimm daran?«, fragte ich, erzürnt über die Reaktionen. »Es ist doch nur ein Saisonjob, nichts weiter.«

Nach dem Abschiedsdinner packte ich meine Sachen zusammen. Dass ich mich nicht wirklich auf die wichtigsten Klamotten konzentrieren konnte, lag nicht nur am Wein, sondern auch an Richards hysterischem Anfall nach der Verkündung meiner Abreise. Es dauerte genau bis zum Morgengrauen, bis er sich wieder beruhigte und auf meinem Bettsofa einschlummerte. Ich überlegte, mich in Richards Zimmer zu verdrücken, kuschelte mich aber an ihn und hielt seine Hand, während ich versuchte einzuschlafen. Immerhin würde ich ihn, meinen allerbesten Freund, für eine lange Zeit nicht mehr sehen können. Müdigkeit durchströmte meinen Körper, dennoch fiel es mir schwer, Richard ins Land der Träume zu folgen. Zu viele Gedanken rasten durch meinen Kopf. Was, wenn ich nicht seetauglich war? Oder wenn mich die Knödelmeyer bis zur Rapunzel-Premiere ersetzen würde? Zu hart hatte ich dafür gekämpft, sogar mein ganzes Leben darauf ausgerichtet. Und jetzt? Jetzt hatte mich eine Bratpfanne aus der Bahn geworfen und stellte mein gesamtes Dasein in Frage. Ich musste an meine Kindheit denken und an die Leiterin des einzigen Heimes, das sich in einem restaurierten Turm befand. Ein Kulturschock, nannte es Richard immer. Aber einer, der mich täglich an die Geschichte des Rapunzels erinnerte und mir ihre Lebensweise näherbrachte. Irgendwann kam dann der zündende Funke: Ich werde professionelle Schauspielerin und das erfolgreichste Rapunzel der Welt. Fast acht Jahre hatte ich dafür gearbeitet, gejobbt und gespart – Nacht für Nacht in den schlimmsten Kneipen. Und Richard war immer für mich da gewesen.

Als der Wecker klingelte, fuhr ich erschrocken hoch. *Was? Wo? Wie spät?* Noch leicht benebelt vom Umtrunk, versuchte ich aufzustehen, verlor aber das Gleichgewicht und sank zurück.

»Autsch!«, beschwerte sich Richard, auf dessen Arm ich gelandet war. »Geh runter! Und überhaupt, was machst du in meinem Bett?«

»Entschuldige, aber das ist mein Bett.«

Er blinzelte sich um. »Tatsächlich. Und was tue ich hier?«

Ich zuckte mit den Schultern und wagte einen erneuten Versuch aufzustehen. Diesmal klappte es. Nur entsprach mein Gang dem eines orientierungslosen Kleinkindes.

»Jetzt weiß ich wieder … Du willst nach Rügen, nicht wahr? Oder war das nur ein Alptraum?« Er strich nachdenklich sein Kopfhaar nach hinten.

»Kein Alptraum. Ich fahre noch heute«, half ich seiner Erinnerung auf die Sprünge.

»Ah ja. Mit dem Zug?«

»Nein! Mit Mokkaböhnchen.«

Richard richtete sich auf. »Du beliebst zu scherzen.«

Ich warf mir meinen Morgenmantel über und öffnete die Zimmertür. »Einen Kaffee?«, fragte ich, ohne zurückzublicken und auf seine Frage einzugehen.

»Mit drei Stück Zucker bitte. Und solltest du im Kühlschrank noch etwas Verstand finden …«

»Ich habe es kapiert!«, unterbrach ich seine ironische Bemerkung. »Und egal, wie dusselig du meine Entscheidung und den Job auch finden magst, ich gehe trotzdem.«

»Na schön! Dann geh doch! Und wirf Leichen über Bord und bitte gleich noch ein Stück Zucker mehr in meinen Kaffee. Soll ja angeblich die Glückshormone anregen.«

»Gut! Wie du willst.« Übel gelaunt goss ich Kaffee in Richards außergewöhnliche Tasse – einen Riesenpott mit dem Fassungsvermögen einer Pampers-Windel. Und absolut rücksichtslos, wie ich fand. Nicht umsonst nannte man diese Art Tassen Kameradenbetrüger. Richard hingegen mochte seinen Literpott. Für ihn war er die Berliner Antwort auf das bayrische Maß. Lieblos stellte ich den Kaffeepott ab. »Dieses Ding ist echt unfair«, beschwerte ich mich.

»Dafür praktisch.«

»Die Tasse ist unhandlich und schwer. Wo bitte ist das praktisch?«

»Ach, Schätzchen, überleg doch mal. Für zehn normale Käffchen muss ich nur einmal zur Kanne gehen.«

Wütend winkte ich ab. »Mir doch egal. Ich fahre jetzt sowieso.«

»Natürlich. Mit deiner Vespa.«

»Ja, genau!«

»In strömendem Regen bis Rügen.«

»O ja!«

»Ich hoffe, du hast ein Zelt eingepackt, für dich und deine Vespa, weil du nämlich Tage unterwegs sein wirst«, klugscheißerte Richard.

Von wegen Tage unterwegs! Exakt zweihundertneunzig Kilometer, dachte ich bei mir. Als wenn ich mich nicht informiert hätte.

»Lass das meine Sache sein! Und überhaupt, lass Mokkaböhnchen in Ruhe. Ohne sie gehe ich nirgends hin.«

»Ach so! Und ich bin dir egal oder wie?«

»Bist du nicht! Aber ich brauche das Geld für die letzten Monate meiner Ausbildung. Denn ohne Kohle kein Abschluss.«

»Ich hätte den Ring verkauft ...«

»Nein, Richard!«, fuhr ich ihm ins Wort. »Ich weiß, was ich tue, ich bin nämlich schon erwachsen. Und ich will meine Verbindlichkeiten und meinen Abschluss selbst bezahlen.«

Er nippte am Kaffee. »Du bist stur wie ein Esel.«

»Ich weiß. Und ich bin deine beste Freundin.« Ich stupste ihn an. »Bekomme ich eine Umarmung, bevor ich mich anziehe und davonfahre?«

Richard stellte seinen Riesenpott ab und drückte mich fest an sich. »Ich will, dass du gesund wiederkommst, hörst du? Und du rufst mich an, sofort wenn du da bist.«

Ich nickte.

»Hast du auch genügend Socken und warme Unterhöschen eingepackt? Am Meer weht ja immer ein kühles Lüftchen.«

»Ja, klar.«

»Und nimm dich in Acht vor diesen Bestattungstypen und ihre weiß behandschuhten Patschhändchen. Und überhaupt, meldest du dich am besten täglich.«

»Richard!«

»Okay, so oft du kannst.«

Ein Schiff namens Friedhild

Wer glaubt, dass Bestattungsboote immer schwarz sein müssen, irrt. Weiß ist chic, und es ist die Farbe der »letzten Seefahrt« auf Rügen, aber auch der Hoffnung. *Auf was eigentlich? Ein besseres Leben nach dem Tod?* Irgendwas in der Art musste es sein. Denn warum sonst hatte sich der Firmenchef für diese Farbe entschieden? Einzig der Zusatz »Friedvolle Seebestattung« und eine sich darunter schlängelnde Rosensilhouette wiesen dezent auf den Tod hin. Ich trat ehrfürchtig näher und beäugte die Blumenkränze, die rund um das Schiff gebunden waren. Ein offensichtliches Highlight für die Hauptperson des Begräbnisses, wenn sie es denn sehen könnte.

»Kann ich Ihnen helfen?«, rief ein Matrose von der *Friedhild* herüber. Sein Gesicht war aufgequollen, und es hatte die Farbe eines jungen Ferkels, das das Leben noch vor sich hatte. Irgendwie unpassend für einen Begleiter des Himmelfahrtskommandos, dachte ich. Strahlte er doch das Gegenteil davon aus – das pure Leben.

»Ja! Ich habe einen Termin bei Herrn von Pfaffenhof.«

Er schnippte mit den Fingern. »Ach, dann sind Sie eine von den neuen Servicekräften.«

Eine? Wie viele Servicekräfte braucht Gevatter Tod?

»Scheint so«, erwiderte ich mit dem Charme eines Teenagers. Genauso fühlte ich mich jedenfalls – unsicher und ahnungslos. Er öffnete die Reling und winkte mich auf die Landungsbrücke. »Kommen Sie! Ich bringe Sie zum Kapitän.«

Die Kajüte des Bestattungsunternehmers glich einem zeitgemäßen Büro, so wie man es auch aus anderen Berufszweigen kannte. Nichts erinnerte an den letzten Gang hinüber ins Jenseits. Ein großer schlanker Mann im schwarzen Anzug trat mir entgegen. »Gestatten, Ottfried von Pfaffenhof.« Dann wies er zum Stuhl. »Bitte nehmen Sie doch Platz.«

Ich setzte mich und blickte umher, auf der Suche nach dem traditionellen Sargmodell, das ich aus Krimiserien kannte. Aber da war kein Sarg – weder aus Mahagoni noch aus Ebenholz.

»Suchen Sie etwas?«, fragte er freundlich, aber bestimmt.

»Nein! Ich dachte nur …«, begann ich zu stottern, während sich meine feuchten Hände im Rucksack, der auf meinen Schoß gebettet war, vergruben.

»Was dachten Sie?«, forderte er mich auf, meine Antwort zu vervollständigen.

Ich spürte die Röte, die sich in meine Wangenknochen vorkämpfte und mich dem Matrosen vom Deck optisch näherbrachte. »Ich dachte, es gibt so einen Vorzeige-Sarg, mit verzierten Schlössern, Gravur und aus Edelholz gefertigt.«

Er lachte. »Das wäre schlecht fürs Geschäft.«

»Ach ja! Und weshalb?«, fragte ich interessiert.

»Schwimmende Särge wären quasi unser Untergang.«

»Das habe ich nicht bedacht«, erwiderte ich verlegen, während das Zartrosa in meinem Gesicht auf ein grelles Pink zusteuerte. Wenn es ums Fettnäpfchentreten ging, war ich eine der Besten. Er setzte sich mir gegenüber und öffnete einen Ordner, der vor ihm auf dem Tisch lag. »Sie sind also Jessica Waldmann?«

»Ja.«

»Darf ich fragen, was eine angehende Schauspielerin dazu bewegt, auf einem Bestattungsboot anzuheuern?«

»Ich … Na ja, ich brauche das Geld, um meine Ausbildung beenden zu können.«

Er kratzte sich am Kinn. »Hm … Sie würden also, im Falle, dass ich Sie einstellen würde, im nächsten Jahr nicht wiederkommen?«

Ich schluckte die Antwort, die auf meiner Zunge lag, hinunter. Eine Fangfrage, hämmerte es durch meinen Schädel. Was sollte ich darauf antworten? Ja, ich sacke die Kohle ein und werde das berühmteste Rapunzel-Double im Land? Dann könnte ich den Job womöglich vergessen. Aber mit einer Lüge wollte ich meine Zukunft auch nicht finanzieren. Ich entschied mich für irgendwas dazwischen. »Das kann ich jetzt noch nicht wissen. Vielleicht sollte ich erst einmal mein Können unter Beweis stellen und auch für mich selber herausfinden, ob ich den Anforderungen auf diesem Schiff gerecht werden kann.«

Ein Lächeln durchzog sein Gesicht. »Gut! Wie ich lese, haben Sie Erfahrungen im gastronomischen Bereich.«

Ich nickte. »Ja, die habe ich.«

Er stand auf und reichte mir die Hand. »Gratuliere! Sie beginnen schon morgen. Näheres wird Ihnen unser Serviceleiter erklären. Sie finden ihn im Bewirtungsraum des Schiffes, auch Serviceroom genannt.«

Freudig sprang ich auf. »Danke, Herr von Pfaffenhof. Ich werde mir die allergrößte Mühe geben.«

»Aber da wäre noch eine Kleinigkeit«, unterbrach er meine Vorfreude. »Ihr Haar müsste allerdings auf eine bordübliche Länge gekürzt werden.«

Mit großen Augen blickte ich ihn an. »Bordüblich?«

»Auf unserem Schiff trägt jeder eine Seekappe zur Uniform. Zöpfe oder ähnliche Steckfrisuren weichen zu sehr vom Gesamtbild der Crew ab. Tut mir leid, aber Ihr Haar müsste um einiges gekürzt werden.«

»Ich spiele Rapunzel bei uns daheim, auf der Theaterbühne. Die Hauptfigur des Stücks, wissen Sie. Und ohne Zöpfe wäre es nicht dasselbe.«

Er nickte verständnisvoll. »Verstehe! Dann werde ich wohl auf Sie verzichten müssen.«

»Nein, bitte …«

»Frau Waldmann, ich muss Ihnen wohl nicht erklären, dass die *Friedhild* eines der exklusivsten Bestattungsschiffe ist. Und zwar europaweit. Ein Abweichen von vorgeschriebenen Normen hat es bisher nicht gegeben und wird es auch in Zukunft nicht geben.«

Ich schluckte. Richard würde einen Schreianfall bekommen und mindestens eine Woche nicht mehr mit mir reden. Aber ich musste es tun!

»Gut! Ich mache es!«

Er musterte mich kritisch. »Sind Sie sicher?«

»Ja!«

Die erste Hürde war damit genommen. Blieb nur noch, den Serviceleiter um den Finger zu wickeln, sechs Monate durchzustehen und Mokkaböhnchen für die Heimfahrt rostfrei zu halten. Wobei Letzteres gewiss nicht einfach werden würde, so direkt am Meer. Vielleicht gab es ja eine Art Anti-Aging-Creme für Motorroller – eine Paste, mit der ich Mokkaböhnchens Lack einreiben konnte, um meine Vespa vor Feuchtigkeit und den Tücken des Inselwetters zu schützen. Fröhlich vor mich hin pfeifend, begab ich mich in den Servicebereich, direkt zu Herrn Brömme. Und ich war schon mächtig gespannt auf ihn.

Die Einrichtung des Schiffes faszinierte mich. Alles passte stilgerecht zusammen, und selbst die Farben gingen fließend ineinander über. Ein Luxusdampfer für gutsituierte Verstorbene und der Beweis, dass nicht einmal der Tod vor Verschwendung zurückschreckte.

»Kann ich helfen?«, fragte ein kleiner untersetzter Mann mit Hornbrille und riss mich aus meinen Gedanken.

»Ich bin auf der Suche nach dem Serviceleiter.«

»Dann sind Sie wohl fündig geworden. Mein Name ist Brömme. Was kann ich für Sie tun?«

Ich schüttelte seine Hand. »Angenehm, Jessica Waldmann. Herr von Pfaffenhof schickt mich wegen …«

»Ah ja, dann sind Sie die Letzte von den Servicekräften. Konfektionsgröße?«, fiel er mir ins Wort.

»Wie bitte?«

»Ihre Maße.«

»Wozu?«

Er holte tief Luft. »Natürlich für die Uniform, die Sie während Ihrer Dienstzeit tragen werden.«

Ach ja, die Uniform! »Stimmt, das hatte Herr von Pfaffenhof erwähnt«, pflichtete ich ihm kleinlaut bei. »Trage ich eine echte Uniform, wie die Matrosen?«

»In Jeans können Sie einer Beerdigung wohl schlecht beiwohnen«, erwiderte Brömme bissig und beäugte mich von oben bis unten. »Ich schätze achtunddreißig, nicht wahr?«

Ich nickte. Dieser Brömme schien nicht gerade ein Menschenfreund zu sein. Erst recht kein Gentleman. Er notierte alles auf einer Liste, setzte ein paar Kreuze und unterschrieb. Dann blickte er auf meine Füße. Aber noch bevor er seine Frage stellen konnte, sagte ich: »Achtunddreißigeinhalb.«

»Knick, Spreiz- oder Plattfüße?«

»Äh …?«

»Was ich wissen will, ist: Benötigen Sie spezielle Einlagen für Ihre Dienstschuhe?«

»Nein.«

»Gut! Das wäre erledigt. Ich begleite Sie jetzt zu ihrer Unterkunft. Es ist ein kleines Ferienhaus am Ortsrand von Muglitz, welches Sie sich mit den anderen Saisonkräften teilen.«

Etwas mürrisch griff ich nach meinem Rucksack und folgte ihm aufs Deck. *Na toll, eine Kellner-Herberge für die Service-Matrosen des Todes!*

»Sind Sie im Zug oder mit dem Auto angereist?«

»Mit Mokkaböhnchen«, erwiderte ich.

»Mit wem?«

»Nein! Ich bin alleine angereist, auf meiner Vespa. Einem Original, wissen Sie ...«

Seine Mimik verriet sein Desinteresse an meinem Reisebericht. Dann wendete er sich ab und lief über die Landungsbrücke den Steg entlang zu seinem Wagen.

»Ich fahre voraus«, rief er mir zu, bevor er ins Auto stieg. »Und dass Sie mir genügend Abstand von meinem Stoßfänger halten mit diesem Ding da.«

»Vespa«, wispelte ich wütend in mich hinein. Dieses Ding ist eine Vespa! Ich nahm den Helm vom Lenker, setzte ihn auf und startete Mokkaböhnchen. Doch irgendwas war anders. Der Blick in den Rückspiegel ließ mich erstarren. *Nein! Das darf nicht wahr sein!* Vorsichtig drehte ich mich um. *Verdammte Scheiße!* Meine Reisetasche war mitsamt der Halterung verschwunden. Und mit ihr meine besten Klamotten, meine geliebte Gucci-Sonnenbrille und mein Tagebuch. Irgendein Insulaner trug jetzt also einen Kuckuck auf der Sonnenbrille – ein Dieb, der nicht einmal vor dem Staatssiegel haltmachte.

Wie ein Hexenhäuschen mit kleinem Vorgarten wirkte die Unterkunft, die sich am Ende der Ortschaft zwischen einigen Bäumen versteckte, aber dennoch nur wenige Meter vom Strand entfernt war. Gewiss ein Scherz, dachte ich anfänglich. Doch der Serviceleiter stieg aus seinem Auto und lief geradewegs durch das Gartentor des neuzeitlichen Knusperhäuschens im Rügen-Stil. Ich nahm den Helm ab und sah mich um. Einige Meter entfernt spielten Kinder mit einem Ball. Ihr Lachen hallte durch die kleine Inselgasse und hob meine schlechte Laune etwas. Das Grün der Blattkronen spendete dem Haus Schatten. Dennoch kämpften sich wenige Sonnenstrahlen hindurch, auf denen winzige Staubteilchen tanzten. Ich atmete tief die salzige Luft ein, die vom Meer herüberdrang, und versuchte nicht an den Raub meines Besitztums zu denken. Aber irgendwie funktionierte das nicht. Was um alles in der Welt sollte ich am nächsten Tag anziehen? Ich brauchte dringend eine Notlösung oder besser einen Billigladen, der von String bis Rollkragenpullover alles im Sortiment hatte. Jedenfalls für die Zeit, bis Richard mir Klamotten von daheim nachgeschickt hatte.

»Gibt es ein Problem, Frau Waldmann?«, rief der Serviceleiter aus einem der oberen Fenster. »Kommen Sie, ich möchte Ihnen gerne noch die anderen vorstellen, bevor ich wieder fahre.«

Ein Problem? Eher ein Desaster! »Ich komme, Herr Brömme«, rief ich und eilte ins Haus. Nur gut, dass ich die wichtigsten Utensilien beim Vorstellungsgespräch im Rucksack bei mir hatte und mein Uralt-Vespa-Helm dem Dieb offenbar nicht zugesagt hatte. Aber noch mal wollte ich kein Risiko eingehen. Ich stürmte, meinen geliebten Helm krampfhaft in der Hand haltend, die Treppe hinauf.

»So, da bin ich schon«, kündigte ich mich mit einem aufgesetzten Grinsen an. Richard sagte immer: Egal, was auch passiert ist, die Show muss weitergehen. Bitte lächeln also.

Eine reifere Dame musterte mich, eine weitere trat auf mich zu. »Hi, ich bin Claudia.«

»Rapunzel«, antwortete ich, ohne mir über die Folgen Gedanken zu machen.

»Rapunzel?«, fragte sie erstaunt.

Doch noch ehe ich mich erklären konnte, reichte mir ein gutaussehender Latino die Hand. »Cool! Ich bin Antonio.«

»Nein, ich heiße eigentlich …«

»Jessica Waldmann«, berichtigte der Serviceleiter und fügte kopfschüttelnd hinzu: »Wer kommt denn nur auf so bescheuerte Spitznamen?«

»Bescheuert? Moment mal! Mein Spitzname ist nicht bescheuert! Ich spiele das Rapunzel an der Berliner Schauspielschule. Und deshalb …«

»Ihre Hobbys interessieren mich nicht«, unterbrach mich Brömme unsanft. »Erst recht nicht Ihr Spitzname.«

Hobby? Was hat der denn zum Frühstück gegessen? Sauer eingelegte Matrosen? »Sorry, aber Theater ist mehr als nur ein Hobby für mich«, verteidigte ich meinen zukünftigen Berufsstand. Und mir war völlig egal, mit welchen Konsequenzen.

»Sein oder Nichtsein, das ist doch letztendlich die Frage«, argumentierte der Serviceleiter mit einem sarkastischen Feixen. »Und realistisch gesehen sind Sie zum jetzigen Zeitpunkt nur eine Servicekraft auf Probe.«

Der Schlag hatte gesessen. Dieser Brömme schien giftiger als eine Mamba zu sein. Und er biss hinterrücks zu. Ich setzte die fröhlichste aller Mienen auf und nickte ihm zu. »Natürlich, Sie haben vollkommen recht, Herr Brömme. Und ich freue mich schon auf meine neuen Aufgaben an Bord.«

Eine Viertelstunde später war Brömme verschwunden und das kleine Haus wieder giftfrei. Und auch die wortlose

Dame taute mehr und mehr auf. Mit ihren listigen Augen verfolgte sie jeden meiner Schritte. Ohne großartig darüber nachzudenken, trat ich ihr entgegen und fragte, ob es schon eine Zimmeraufteilung gäbe.

»Selbstverständlich«, erwiderte sie und zeigte auf eine der Türen. »Es gibt zwei Schlafräume mit jeweils zwei Betten. Kommen Sie, ich zeige Ihnen den Ihrigen.« Nicht ahnend, was mich erwarten würde, folgte ich.

»Die hintere Hälfte des Zimmers ist Ihre«, erklärte sie mir freundlich. »Und Ihre Sachen können Sie in diesem Schrank dort verstauen.«

»Und Sie schlafen dort drüben?«, fragte ich, auf das andere Bett weisend.

»Nein. Dort schläft der junge Spanier.« Sie lachte. »Übrigens, ich heiße Ortrud.«

»Angenehm, Jessica. Aber eigentlich nennen mich alle Rapunzel.«

»Ein lustiger Name«, antwortete sie. »Und angesichts Ihrer Haare sehr passend.«

»Ja, das ist er wohl. Nur leider müssen die auf eine bordübliche Länge geschnitten werden.«

»Ja, ich kenne die Vorschriften. Ich trage meine Haare daher auch etwas kürzer als früher.«

»Sie arbeiten schon länger auf dem Schiff?«

»Die fünfte Saison. Vorher war ich im Büro des Bestatters tätig, das damals noch vom Seniorchef Friedrich-Gustav von Pfaffenhof geführt wurde.« Sie seufzte. »Ach ja, seither hat sich viel verändert. Ach, lass uns doch bitte du zueinander sagen, das ist wesentlich familiärer.«

Das Auspacken meiner persönlichen Sachen dauerte nur einige Minuten. Im hölzernen Schrank gähnte Leere. Genug Platz für meine Wäsche, mit der sich gerade irgendein anderer kleidete. Ich setzte mich aufs Bett und wählte die Nummer von Richard.

»Na endlich!«, jubilierte er erleichtert. »Und? Erzähl schon, wie ist es?«

»Das Schiff ist toll«, begann ich. »Aber die Unterkunft …«

»Was ist damit?«

»Es ist ein kleines Haus mit Reetdach, direkt am Meer, das ich mir mit drei anderen Servicekräften teile.«

»Wow! Ein echtes Feriendomizil also und eine Servicekraft-WG – wie schön.«

»Irgendwie schon.«

»Nun lass dir doch nicht jedes Wort aus der Nase ziehen. Sag schon, wie sind die anderen?«

»Nett und gemischt.«

»Gemischt?«

»Zwei Frauen und ein Mann. Wobei ich mir mit Letzterem ein Zimmer teilen muss.«

Sekunden der Stille folgten. »Richard? Bist du noch dran?«

»Die zwingen dich, mit einem fremden Kerl zusammen zu schlafen?«

»Nur in einem Zimmer, Richard. Nicht zusammen.«

»Das ist ja unglaublich! Wie können die nur …«

»Ist doch egal! Da ist noch ein viel größeres Problem.«

»Was? Größer als das Zusammenwürfeln unterschiedlicher Geschlechter?«

Ich atmete tief ein. »Meine Klamotten sind weg.«

»Wie weg? Weg im Sinne von …«

»Geklaut«, brachte ich es kurzum auf den Punkt. »Und mitsamt der Reisetasche und Halterung.«

»Und deinem Motorroller, hoffe ich.«

»Richard! Natürlich nicht!«

»Was denn? Versicherungstechnisch wäre das die bessere Variante. Aber die Diebe waren offenbar Kenner und wollten sich nicht mit einem Invaliden-Zweirad davonstehlen, für das sie beim Schrotthandel eh nur einen Lutscher bekommen hätten.«

»Du bist echt gemein!«

»Nur ehrlich, Schätzchen. Vom Versicherungsgeld hättest du dir wenigstens ein Fahrrad mit Elektromotor kaufen können.«

»Was hast du eigentlich gegen Mokkaböhnchen? Sie ist zuverlässig und ein echtes Original.«

»Ein rußender Oldie mit abgelaufenem Verfallsdatum.«

»Ich finde sie superpraktisch. Und wenn du unsere Freundschaft nicht überstrapazieren möchtest, dann hörst du endlich mit dem Genörgel auf und schickst mir einfach ein paar neue Klamotten zum Anziehen.«

»Okay, was brauchst du?«

»Alles! Vom Schlüpfer bis zum Schlafanzug. Und bitte schnell, per Eilkurier.«

»Ist quasi schon unterwegs zu dir.«

»Danke, Rich. Da ist aber noch etwas.«

»Hast du etwa deine Antidepressiva vergessen?«

»Haha, sehr witzig. Nein, ich muss meine Haare abschneiden lassen.«

»Das war dein bester Witz heute!«

»Im Ernst! Das ist eine Bedingung für den Job.«

»Dann pfeif auf den Job!«

»Das kann ich nicht! Ich brauch das Geld.«

»Na gut! Wie du willst!«

Ein Tuuuuut signalisierte mir, dass Richard aufgelegt hatte. Einfach so. Offenbar war ihm die Nachricht über meine borduntaugliche Haarlänge mehr als nur auf den Magen geschlagen. Ich starrte noch einige Sekunden auf das Mobiltelefon in meiner Hand und überlegte, ihn erneut anzurufen und eine Erklärung zu fordern, aber tat es nicht. Stattdessen zog ich mich aus, warf mich auf das Bett und schlief mit dem Gedanken ein, Richard würde sich gewiss wieder einkriegen und gleich zurückrufen.

Ein umfallender Gegenstand weckte mich. Erschrocken fuhr ich hoch. Was war das? Ich blinzelte im düsteren Zimmer umher, konnte aber nichts erkennen. Dann hörte ich Schritte, die sich näherten.

»Wer ist da?«, fragte ich ängstlich, während ich unter meiner Decke nach dem Handy tastete.

»Dieses verdammte Viech«, fluchte mein Zimmergenosse Antonio.

»Welches Vieh?«, fragte ich, erleichtert, seine Stimme zu hören.

»Die verdammte Katze! Die ruiniert mir noch meine ganze Fotoserie.«

Ich knipste meine Nachttischlampe an und rieb meine Augen. »Du bist Fotograf?«

»Nein, Model.«

Jetzt erst erkannte ich seine formschönen Gesichtszüge, die sich im Schein des Lichts abzeichneten. Er sah fantastisch aus, und er roch auch verdammt gut. »Du präsentierst Designerklamotten auf dem Laufsteg?«, bohrte ich neugierig weiter.

»Schön wär's. Bisher bin ich nur bis zur Werbung von Aftershave durchgedrungen.«

Ein Wow donnerte durch meinen Kopf und ließ mich sofort an die erotischste aller Werbekampagnen denken: Cool Water! O ja, welche Frau könnte sich daran nicht erinnern, an diesen braungebrannten Muskelprotz, der so ganz ohne Höschen aus dem Meer heraussprang und für

Sekunden das weibliche Geschlecht in eine Art Fern-Ekstase versetzte. »Was für ein Mann!«, plauzte ich mit meinen Gedanken heraus.

»Danke!«

Gott! Habe ich das etwa laut gesagt? »Ich, ich …«

»Ich bekomme ständig Komplimente, am Set und auf meiner Page, weißt du.«

»Du hast eine eigene Internetseite?«

»Muss man doch, um dauerhaft im Geschäft zu bleiben. Willst du mal sehen?«

Klar wollte ich das, nur hatte ich anstelle meines wollig-angerauten Kuschelschlafanzugs immer noch meine Reise-Unterwäsche an. Also kein guter Moment, dem temperamentvollen Spanier auf die Pelle zu rücken. »Ich kann nicht.«

Er warf seinen Laptop aufs Bett und startete ihn. »Komm schon, ich beiße nicht.«

»Aber ich habe kein Schlafzeug«, beteuerte ich meinen Willen.

»Ja und? Nun mach schon.« Dabei tippte er auf der Tastatur herum.

»Ich kann so aber nicht.«

»Soll ich dir ein Shirt borgen?«, fragte Antonio.

»Lieber ein Herrenhemd, wenn du hast.« Das war gewiss länger, und man konnte es vorne an der Knopfleiste zuknoten. Das hatte ich jedenfalls schon oft im Fernsehen gesehen, in Seifenopern und Liebesfilmen.

Er nickte und warf mir ein schwarzweißkariertes Teil entgegen, das ich mir sofort überstreifte.

»Ein wenig zerknittert und viel zu groß«, kommentierte er meine unfreiwillige Modenschau. Und als sei das nicht schon peinlich genug, begann er daran herumzuzupfen.

»Lass das!«, wehrte ich mich lautstark gegen seine Anzüglichkeit. Immerhin kannte ich ihn kaum. Er wich zurück und warf sich auf sein Bett. »Keine Panik! Du bist eh nicht mein Typ.«

Ich entsprach also nicht seinem Geschmack, was mich etwas lockerer werden ließ. Dennoch zerrten seine Worte an meinem weiblichen Ego. *Pah, nicht sein Typ!* Etwas distanziert beugte ich mich über seinen Rechner. Vielleicht konnte ich mich ja für die ziemlich uncharmante Beurteilung meines Aussehens revanchieren und das eine oder andere Foto auf seiner Model-Homepage zerpflücken. Entgegen meiner Erwartung wirkte jedes einzelne wie die Versinnbildlichung eines Gottes auf Erden. Selbst mit Lendenschurz als Dschungelheld sah dieser Kerl unglaublich lecker aus. *Lecker?* Hatte ich den neuzeitlichen Romeo tatsächlich mit lecker, im Sinne von schmackhaft bewertet? Das hatte ich zuvor noch nie getan! Jedenfalls mit keinem menschlichen Wesen, erst recht keinem Mann. Lecker konnten doch allerbestens Richards gefüllte Pastetchen oder eine original Berliner Currywurst sein, aber niemals so ein Macho wie dieser Antonio. Oder etwa doch? Ich war verwirrt und schob die emotionale Überbewertung auf den unterbrochenen Schlaf in dieser Nacht.

Eine Taube klopfte sachte gegen das kleine Fenster des Schlafraumes. Antonio streckte sich und gähnte laut. »Good Morning, Marylin«, rief er dem weißgefiederten Vogel zu.

»Marylin?«, fragte ich noch etwas schlaftrunken. Ich konnte mir einfach nicht vorstellen, dass Antonio ein Taubenliebhaber war.

»Ja! Ist sie nicht wunderschön?«

So so, wunderschön also! Dieses Geflügel da! »Sie ist … na ja, ganz nett. Eben eine Taube«, erwiderte ich eingeschnappt. Ich fühlte mich scheußlich an diesem Morgen ohne Richards Philosophien und Fürworte. Hier war ich nur eine Servicekraft, die mit keiner Besonderheit herausstach. Mit dem Gefühl, zwei Bleifüße zu besitzen, schlurfte ich aus dem Zimmer ins Bad. Ich war ein derart hartes Bett nicht gewohnt und spürte jeden meiner Knochen.

Ortrud stand vorm Spiegel und putzte ihre Zähne. Als sie mich sah, nickte sie mir mit der Zahnbüste im Mund zu. »Na, gut geschlafen?«, fragte sie, nahm einen Schluck Wasser und begann damit zu gurgeln.

»Geht so.«

»Claudia hat Brötchen besorgt und deckt gerade den Frühstückstisch. Magst du Kaffee oder lieber Tee dazu? Ist eine ostfriesische Mischung aus meiner Heimat.«

Ich zuckte mit den Schultern. »Ist mir egal.« Das Heimweh hatte mich schneller eingeholt als die Schmerzensgeldforderung meines Bratpfannenopfers. Und obwohl ich Tee auf den Tod nicht ausstehen konnte, war es mir völlig einerlei, mit was ich die Rügener Inselbrötchen runterspülte.

Sie lächelte mir freundlich zu. »Okay! Und bummel nicht lange herum. Die ersten Trauergäste kommen heute schon um elf Uhr. Da bleibt uns gerade mal eine Stunde für alle Vorbereitungen an Bord.«

Acht Minuten später saß ich am Küchengemeinschaftstisch und wärmte meine Hände an einer Tasse Tee ostfriesischer Art. Es war kühl an diesem Sonntagmorgen. Die Sonne hatte sich hinter dem wolkenverhangenen Himmel versteckt, der sich wie ein Sargdeckel über das wahrscheinlich kleinste Dorf der Welt gelegt hatte. Niemand außer mir beachtete das Wetter. Ich nahm meinen Eierlöffel und verrührte den Zucker im Tee.

»Das macht man nicht«, mahnte mich Ortrud. »Man

trinkt zuerst den etwas bitteren Tee mit Milch und am Schluss den gesüßten Rest.«

Welchen Sinn hatte das denn? Ich mochte weder das eine noch das andere. Und überhaupt hatte ich keine Lust mich auf regionale Einnahmeverfahren einzulassen. »Ach so«, sagte ich beiläufig, während ich demonstrativ weiterrührte.

»Ist bei uns in Ostfriesland Tradition«, erklärte Ortrud weiter.

»Ich mag ihn lieber mit Kandis«, brachte sich Claudia ein. »Aber hier auf Rügen trinke ich ihn immer wie Ortrud, mit Milch und Zucker.«

Als wenn das irgendwen interessierte! Ich nickte gezwungenermaßen und setzte mein bestes Komparsenlächeln auf. »Ach was? Und du bekommst den überzuckerten Rest ohne Probleme runter?« Wobei *überzuckert* eindeutig untertrieben war. Glukosekonzentrat mit einem Hauch von Milch und Tee träfe es wohl besser.

»Klar! Du musst dich nur daran gewöhnen.« Claudia lachte und nippte an ihrem Tee. Ihre Augen funkelten unnatürlich für diese Uhrzeit, fast schon etwas glasig, als hätte sie den Zucker mit Kokain verwechselt. Oder die Milch mit Rum?

Nachdem ich das ungewöhnliche Frühstück überstanden hatte, schwang ich mich auf meine Vespa und fuhr die schmale Straße oberhalb des Strandes entlang zum Hafen. Der Wind hatte zugelegt und peitschte die feuchte Meeresluft in mein Gesicht. Ich bereute zum ersten Mal in meinem Leben, dass ich mir keinen dieser modischen Visierhelme gekauft hatte. Was bei 35 km/h schon weh tat, wäre bei ausgefahrenen 75 km/h eine wahre Gesichtsfolter an der See, wenn auch gewiss mit Jungbrunneneffekt. Ein Facelifting, auf das ich gerne verzichten wollte. Ich überlegte, mir dringend einige inseltaugliche Accessoires zu besorgen. Vor allem ein Tuch, welches ich mir hoch ins Gesicht ziehen könnte, ähnlich den Bankräubern aus alten Karl-May-Büchern. Und während ich noch über die praktischen Seiten eines Baumwolltuches grübelte, überholten mich Ortrud und Claudia mit einem quietschgelben Smart, auf dessen Heckscheibe »Ja zum Biogas« stand. Hinterdrein folgte Antonio auf einem Rennrad. Prima! Von einem motorisierten Öko-Koffer und einem frisierten Drahtesel überholt zu werden, senkte meine Stimmung um etliches.

Die *Friedhild* schaukelte leicht auf und ab, als ich die Landungsbrücke betrat. Antonio stand auf Deck und rauchte eine Zigarette. Als er mich sah, schnippte er sie ins Wasser und winkte mich heran. »Wo bleibst du denn? Brömme hat schon nach dir gefragt.«

Wo ich bleibe? Ich atmete tief durch. »Tut mir leid! Mein Motorroller fährt eigentlich ja Lichtgeschwindigkeit, aber die Luftfahrtbehörde hat ihn vorgestern gedrosselt.«

Antonio starrte mich fragend an. »Was soll das denn jetzt?«

»Blöde Frage, blöde Antwort«, erwiderte ich patzig und ließ ihn stehen. Drinnen erwartete mich schon Serviceleiter Brömme. Mit grinsendem Gesicht traf er die ersten organisatorischen Vorbereitungen für die anstehende Seebestattung. »Guten Morgen, Frau Waldmann. Unsere Liesel vom Wäschedienst hat Ihnen passende Dienstkleidung in Ihren Spind gehängt. Wenn Sie sich jetzt erst mal umziehen würden …« Er wies mit der Hand zum Personalraum. »… dann erkläre ich Ihnen später Ihren Aufgabenbereich.«

Mit dem Enthusiasmus einer leeren Pfandflasche, die auf dem Weg zum Recycling war, setzte ich mich wortlos in Richtung meiner Matrosenuniform in Bewegung. Für einen Augenblick dachte ich an Richard und sein Angebot. Vielleicht sollte ich ihn noch mal anrufen? Ihn bitten, seinen Ring zum Juwelier zu bringen und mich auszulösen. Und es mir für Lebzeiten aufs Butterbrot schmieren lassen? Nein! Ich verwarf den Gedanken und betrachtete meine neue Dienstkleidung. Dunkelblau mit silbernen Knöpfen, dazu passendes Schuhwerk in Schwarz und so völlig anders als die Kostüme, in die ich sonst schlüpfte. Aber wenigstens war sie dezenter als ein Trachtenkleid auf den Münchner Wiesn, dem Tod sei Dank.

Luxus-Menü à la Seestern verschlungen hatte. Hendrik hingegen war offenbar kleinere Portionen gewöhnt, oder er hatte vorher heimlich an der Strandfrittenbude seinen ersten Hunger gestillt. Anders konnte ich mir nicht erklären, warum mein Magen danach noch knurrte und seiner nicht. Gentleman, wie er war, spendierte er mir einen Nachgang, mit der Bemerkung, dass ich gut aussehe. *Er meint fett! Ganz sicher.* Ich hörte diese Stimme in mir, die mir sofort auf den Magen schlug. Eine Frau muss auf der Hut sein, solange sie nicht unter der Haube ist. Dazu gehörte auch, auf kleinste Anspielungen des Partners zu achten. So jedenfalls rechtfertigte Sarah ihren extremen Fitnesswahn, der der Grund dafür war, dass sich aus ihren dürren Spaghetti-Armen dicke bläuliche Adern herauspressten. Richard hatte sich einmal ihren linken Arm für ein Fotoshooting geborgt und damit bei einem Künstlerwettbewerb den dritten Platz gewonnen. Hauptverkehrsfluss des Lebens, so hatte er sein Werk genannt, das danach für knapp zweihundert Scheinchen den Besitzer gewechselt hatte.

Hält mich Hendrik echt für zu dick? Ich schob das Glastellerchen beiseite. »Ich glaube, ich bin satt.«

»Von den zwei Bissen?«, fragte er ungläubig.

»Na ja«, begann ich das Gespräch in Richtung Figur zu lenken. »Immerhin stecken eine Menge Kalorien in diesem Grand-Manier-Parfait. Schwer, das wieder runterzubekommen.«

Er stützte das Kinn auf seine ineinandergefalteten Hände und lächelte mich an. »Du bist wunderschön, so wie du bist.«

Ein seltsames Geschenk

Am Wochenende darauf lagen meine Kleidungsstücke ordentlich zusammengelegt in einem der Echtholzschränke des verstorbenen Alfred Zapf. Eines musste man ihm zugestehen; er bewies Charakter im Einrichten seines Hauses. Vom Dach bis zum Keller knarrten die naturbelassenen Gegenstände, je nach Raumtemperatur und Feuchtigkeitsgehalt. Sogar der alte Röhrenfernseher knackte nach dem Ausschalten noch ewig nach, so dass ich Angst hatte, ihn jemals wieder einzuschalten.

»Und? Fühlst du dich zu Hause?«, fragte Hendrik mich.

»Wird schon«, kürzte ich meine Bedenken ab und widmete mich dem Abendbrot. »Gürkchen?«, fragte ich ihn und wedelte mit einer Spreewaldgurke vor seinem Gesicht herum.

Er schnappte danach und ließ sie in seinem Mund verschwinden. »Hm … ich mag diese sauren Dinger.«

Ich griff zwei weitere aus dem Glas. »Das sind die Besten, die es gibt«, brachte ich ihn auf Gewürzgurken-Informationsstand, während ich die Minigürkchen in die Pfanne schnitt. »Bei Bratkartoffeln à la Waldmann sind sie einfach ein Muss.«

Hendrik nickte. »Hm … riecht lecker.« Er stocherte mit einer Gabel im noch unfertigen Essen herum.

»Lass das!«, forderte ich. »Du zerkratzt die Beschichtung der Pfanne.«

Sein Blick ließ vermuten, dass er von Pfannenbeschichtungen genauso viel Ahnung hatte wie ein Beduine von einer Fahrradkette. Ich drückte ihm einen der herumhängenden Holzlöffel in die Hand. »Nimm den dafür.«

Alfred Zapf schien oft und gern gekocht zu haben, was mir sehr entgegenkam. Er hatte alles, was man dafür brauchte – Töpfe, Pfannen, Wender, Rührwerkzeug, Teigschieber und Quirls. Gerade als ich Hendrik den Unterschied zwischen Gabel und Holzlöffel erklären wollte, klingelte es an der Haustür.

Ein Päckchen am Sonntag? Ich blickte misstrauisch auf den gut verklebten Karton in seinen Händen. In Berlin werden allerhöchstens Bombenpakete an einem Sonntag geliefert. Aber doch keine typischen Postsendungen. Mein Adrenalin stieg an. »Was ist das?«

»Keine Ahnung.« Hendrik drehte das Päckchen auf der Suche nach einem Absender.

»Mach das lieber nicht«, stotterte ich, bereit, beim kleinsten Geräusch zu fliehen. Aber Hendrik störte sich nicht daran und begann auch noch die unbestellte Sendung zu schütteln. Ich zog instinktiv den Kopf ein. Gleich passierte es! Gott, ich wollte doch noch Rapunzel spielen.

»Das ist von Isabell«, mutmaßte Hendrik. Und sein einziges Indiz war die Farbe des Lippenstiftes, mit der sein Name und die Adresse darauf gekritzelt waren.

»Deine Ex?«, erwiderte ich erschrocken. Er hatte mir von ihr erzählt und auch von der unschönen Trennung, die in einer Art unehelichem Rosenkrieg endete. Eine Rohrbombe! Bestimmt mit hundsgemeinen Nägeln und einer Portion Säure, schoss es mir durch den Kopf. In solchen Situationen war ich ein wahrer Angsthase. »Bitte, mach es nicht auf!«, bettelte ich, bedacht auf die abschreckende Wirkung, die Säure in Gesichtern hinterlässt. »Und überhaupt, weshalb sollte sie dir ein Päckchen schicken? Und dann auch noch per Taxikurier?« Die Angst hatte sich mittlerweile in sämtliche Ecken meines Körpers gefressen. Immerhin las man ständig solche Dinge in der Zeitung. In meinen Ohren summte es. Und vor meinem inneren Auge las ich schon die Zeitung von morgen: Aufstrebender Tierarzt von der Detonation einer außergewöhnlichen Rohrbombe zerrissen! Ein zweites Opfer liegt nach einer komplizierten Gesichtswiederherstellungsoperation auf der Intensivstation des hiesigen Krankenhauses. Hinweise, die zur Identifizierung der Überlebenden führen, blabla …

Ein Schauer fuhr durch meine Glieder. Fast war mir, als könnte ich schon meine verkohlte Haut riechen. Doch dann fiel mir unser Abendbrot ein. Mist! Die Bratkartoffeln!

Nachdem ich mit Hendrik die Nebelschwaden aus der Küche getrieben hatte, tat sich vor uns eine schwarze Pfanne mit ebenso schwarzem Inhalt auf. Er nahm mich tröstend in den Arm. »Schon gut, ich bestelle uns eine Pizza.«

Ich schmiegte mich an ihn. Wenigstens hatte mein Abendbrot das Öffnen des mysteriösen Päckchens verhindert. Nur für wie lange? Denn auf dem Weg ins Wohnzimmer, zur Bestellliste des Pizzadienstes, blieb Hendrik erneut davor stehen, während er telefonisch die Bestellung durchgab. Er klemmte den Hörer zwischen Ohr und Hals. Dann fuhr er mit dem Brieföffner unter den verklebten Rand Mit einem Ritsch war es offen.

Jetzt! Ich suchte Deckung hinter der Küchentür, aber es blieb still. Weder ein Bumm noch ein Wumm. Vorsichtig äugte ich in den Flur hinaus.

Hendrik wendete interessiert die Flasche in seiner Hand. »Wahnsinn! Ein im Fass gereifter Whisky.« Seine Augen strahlten. »Nun sieh dir das an.« Er griff erneut in den Karton und zog einen Cowboyhut heraus. »Qualitätsleder, so wie ich ihn immer wollte.«

»Du stehst auf Cowboyhüte?«, fragte ich irritiert über seine plötzliche Freude. Einerseits fand ich seine Gesinnung gut, andererseits fühlte ich mich unwohl, weil seine Ex mir weit voraus war, wenn es um Hendriks Vorlieben ging. Ich trat zu ihm und betastete das Leder des Hutes. »Nicht übel«, pflichtete ich ihm bei, um nicht als Spielverderber dazustehen. Dennoch ahnte ich, dass Isabell einen Grund dafür haben musste. Keine Frau dieser Welt schickt ihrem Ex einfach so Hüte oder Whisky. Es sei denn, sie verfolgt ein Ziel damit. Ich hatte die Befürchtung, dass sich Isabell noch lange nicht aus Hendriks Leben verabschiedet hatte. Und vielleicht wollte sie ihn sogar wieder zurückgewinnen. Frauen tun so was öfter, hatte Richard mir mal erzählt. Sie durchleben in der Trennungsphase eine Art Entzug vom gewohnten Partner, was dazu führt, dass sie ihr selbsternanntes Eigentum zurückerobern wollen. Erst recht, wenn eine Rivalin hinzustößt. Und wer weiß, vielleicht ahnte sie ja was.

Hendrik lächelte mich an. »Warst du schon mal in Kanada?«

Ich schüttelte den Kopf.

»Land, so weit dein Auge blickt. Rinderherden, die sich bebend in Bewegung setzen, wenn sich die Cowboys auf ihren Pferden nähern.« Er schlug sich auf die Beine. »Ich sage dir, zwei Wochen im Sattel und du spürst Muskeln hier drinnen, die du vorher nicht kanntest.«

»Warst du mit ihr dort?«, wollte ich wissen.

»Mit Isabell? Nein. Sie war damals in Irland unterwegs, auf der Suche nach einem perfekten Zuchthengst für das Gestüt ihrer Eltern.«

Super! Ein Paris-Hilton-Verschnitt. Der Hut und der Whisky waren quasi Peanuts für seine Ex. Und wahrscheinlich hatte sie die typische Blondhaarmähne, die sie natürlich nur zu sexuell stimulierenden Vorspielchen einsetzte, aber ansonsten streng zusammengebunden trug. Ich lauschte seinen ausführlichen Erinnerungen, bis es erneut an der Tür klingelte. Die Pizza! Gott sei Dank.

Nach einem Abend voller gelüfteter Geheimnisse sowie einem vollen Magen schlurften wir händchenhaltend ins Bad hinauf. Hendrik hatte mir eine Fußmassage versprochen, wenn ich ihm den Rücken einseifen würde. Glücklich, den Mann meines Herzens gefunden zu haben, ließ ich Wasser in die altertümliche Badewanne, die auf eigenartig gebogenen Füßen stand. Skurriles Designerstück, meinte Hendrik. Ich tendierte eher zu einem vergessenen Stück Badgeschichte – einem Sanitär-Oldie.

»Ach ja«, seufzte Hendrik auf. »Morgen muss ich zu diesem Kremer und seinen gefundenen Robbenbabys.«

Ich ließ etwas Lavendelöl ins Wasser laufen. »Wo findet der die nur immer?«

Hendrik lachte. »Am Strand vielleicht?«

»Sehr witzig«, fauchte ich zurück. »Ich meine doch, wo sind all die Eltern der Robbenbabys?«

»Gefressen, umgekommen oder verletzt.«

»Gefressen? Von Haien!«, fuhr es erschrocken aus mir heraus. »Ich wusste es doch! Es sind diese Monster mit der spitzen Flosse, mit der sie ihre Opfer vorm alles entscheidenden Todesbiss in Panik versetzen.« Mir wurde plötzlich kalt, während mein Gesicht die Farbe einer frisch gekalkten Wand annahm. Die armen Robbenmütter!

Hendrik zog mich an sich heran. »Ist alles in Ordnung mit dir?«

Ich legte meinen Kopf auf seine Schulter. »Ja.«

»Du leidest unter einer Selachophobie?«, fragte er besorgt.

»Ich leide unter was?«

»Der Angst vor Haien«, erklärte Hendrik, während er über mein Haar streichelte. »Diese Art Ängste gibt es auch unter Tieren.«

Ein Hai, der unter einer Hai-Angst litt? Ich musste trotz Atemnot kichern. Zu lustig erschien mir dieser Gedanke. »Es gibt einen medizinischen Begriff dafür?«

Er nickte und wiederholte den Begriff, der eher nach einem Seelachsgericht klang als nach einer schlimmen Erkrankung. Aber das behielt ich lieber für mich. Ich wollte keinesfalls den Anfang einer wundervollen Nacht durch alberne Gedankensprünge gefährden. Nichtsdestotrotz wusste ich jetzt, dass meine Angst einen Namen hatte: Selachophobie. Und die hatte Paris-Hilton-Verschnitt Isabell gewiss nicht.

Am nächsten Morgen erwachte ich mit einem Lächeln im Gesicht. Hendrik sah genauso glücklich aus wie ich. Der Blick zur Uhr trieb mich jedoch aus den Federn. »In einer Stunde muss ich auf Deck sein.«

Hendrik zog sich die Bettdecke über den Kopf. »Okay«, murmelte er.

»Zwei Bestattungsmenüs, davon eins à la Carte und eins exklusiv«, erläuterte ich auf dem Weg ins Bad. Gott, was ist mit meinen Haaren? Wie Ferkelschwänzchen kringelten sie sich in alle Richtungen. »Ich brauche einen Föhn«, rief ich ins Schlafzimmer. »Und eine Rundbürste.«

»So was gibt es hier nicht«, nuschelte Hendrik verschlafen.

Wie? Ein Haus ohne Föhn? Ich wurde nervös. »Was mache ich denn jetzt?«

»Lass sie lufttrocknen.«

»Ich will sie nicht waschen, ich will sie über eine Rundbürste föhnen«, erklärte ich panisch. Die Uhr tickte gnadenlos weiter, und ich sah mich schon mit gekringelten Ferkelschwänzchen vorm Soßentopf stehen. Brömme würde mich anzählen, Ortrud den Kopf schütteln und Claudia sich weghauen vor Lachen. Nein! Diese Lachnummer wollte ich ihr nicht gönnen!

»Bei Ortrud im Haus gibt es einen Föhn«, stellte ich noch mal laut klar, während ich jede einzelne Strähne anfeuchtete und über die Finger formte. Dann fiel mir Trick siebzehn ein, den Richard bei hartnäckigen Locken anwandte. »Wo liegt deine Rasiercreme?«

»In der Dose, neben dem Spiegel.«

»Das ist Rasierschaum.«

»Ich weiß.«

»Aber ich brauche Creme.«

»Tut mir leid, aber ich verwende keine Creme. Wofür brauchst du die denn?«, fragte Hendrik hörbar genervt von meiner Hektik.

»Fürs Haar.«

»Ich weiß zwar nicht, was du damit vorhast, aber du kannst meine Anti-Age-Gesichtscreme nehmen.«

Klasse! Jetzt soll ich mir auch noch Faltenglattmacherzeugs ins Haar schmieren, nur weil mein Freund unbedingt Rasierschaum anstatt Creme verwenden muss, dachte ich so bei mir und hoffte inständig auf ein gutes Ergebnis.

Ortrud empfing mich mit einer Tüte, in der eine maßgenaue Kochuniform steckte. »Erzähl, wie gefällt es dir?« Dabei drückte sie mir die Arbeitssachen in die Hand.

»Och, ganz gut«, versuchte ich auszuweichen. Ich hatte keine Lust über fehlende Elektrogeräte, verkohlte Bratpfannen und die Eigenarten meines Freundes zu debattieren.

Fürsorglich wie immer entfernte sie Katzenhaare von meiner Jacke. Dabei musterte sie mich skeptisch. »Ich weiß nicht, du bist heute so verschwiegen. Ist wirklich alles in Ordnung?«

»Klar! Ich bin nur stinkig, weil ich den Ersatzkoch mimen muss.«

Ortrud nickte verständnisvoll. »Ist doch nicht für immer«, flüsterte sie mir zu, bevor sie ihr Halstuch richtete und arbeitsbewusst aus der Umkleidekabine stürmte. Claudia hingegen bummelte genauso herum wie ich. Sie war an diesem Tag ungewöhnlich wortkarg, was mich sehr verwunderte.

»Bist du krank?«, fragte ich sie.

»Nö!«

Ich hätte gerne mehr als nur ein Nö erfahren, wollte ihren Redefluss jedoch nicht unnötig herausfordern und beließ es dabei. Vielleicht hatte sie ja in ihrem kurzen Leben zu viel geredet, und nun waren ihr die Worte ausgegangen, so wie in diesen Stummfilmen. Claudia in Schwarzweiß mit Untertext, ich musste grinsen. Das wäre so ähnlich wie ein Kanarienvogel in der rauen Eifel oder Paris Hilton in einer christlich geführten Suppenküche. Dagegen war mein Beikoch-Dasein nur eine lästige Begleiterscheinung im alltäglichen Job. Sollte sie doch schweigen, meinetwegen für immer, mich würde es nicht stören. Oder doch? Ich blickte sie an. Sie wirkte müde.

»Menschenskind! Das hält ja keiner aus!«, fluchte ich.

»Was denn?«, stammelte sie zurück.

»Du hast den Rock verkehrt herum an. Und überhaupt … sag doch endlich mal was!«

Claudias Augen füllten sich mit Tränen. Sie setzte sich

und schlug die Hände vors Gesicht. »Dieser Scheißkerl! Wie kann er mir das antun?«, heulte sie los.

Scheißkerl? Alles klar! Es ging um ihren Freund, den sie mir mal auf einem Foto gezeigt hatte, das sie stets in ihrer Geldbörse trug. »Was hat er getan?«, hakte ich nach.

»Betrogen hat er mich! Und verlassen«, schluchzte sie.

Ein klarer Fall von enttäuschter Liebe und Herzschmerz. Ob es dafür auch einen medizinischen Begriff gab? Spontan fiel mir wieder meine Hai-Angst ein.

»Mensch, Claudia«, begann ich tröstend auf sie einzugehen. Dabei rieb ich mit meiner Hand über ihren Rücken, so wie es Großmütter bei hingefallenen Kindern taten. »Ich leide unter einer Selachophobie, das ist schlimmer, als verlassen zu werden.«

Sie wischte die Tränen weg. »Was? Stirbst du daran?«

Daran sterben? Hm … Ich war mir nicht sicher, inwiefern man an einer extremen Angst sterben konnte, aber der medizinisch verordnete Name der Erkrankung ließ es quasi vermuten und machte die Hai-Angst zu einer Endzeitdiagnose, wenn auch nur für Claudia. Ich räusperte mich und legte eine bedenkliche Miene auf.

»Ach, das tut mir so leid für dich«, jammerte sie. Sie schnäuzte sich, stand auf und rückte ihren Rock gerade. »Weißt du was? Du hast recht! Ich sollte dem Betrüger keine Sekunde nachtrauern. Das ist er nicht wert.« Dann drückte sie mir ein Küsschen auf die Wange und hastete hinaus.

Ich sah noch eine Weile zur Tür. Hätte ich vielleicht Psychiaterin werden sollen? Gewiss hätte ich genug Verdienst, um diesem Bratpfannenfuzzi sein Schmerzensgeld in den Rachen zu schieben oder wenigstens genügend Einfluss, um ihn wegen Realitätsverlust dauerhaft einweisen zu lassen. In der Psychiatrie würde ihm sein mies ergaunertes

Schmerzensgeld sowieso nichts nutzen, und überhaupt war ich immer noch der Meinung, dass es ihm gar nicht zustand.

Brömme grinste, als er mich sah. Das tat er neuerdings häufiger. Wahrscheinlich stand er auf Frauen in Kochklamotten, und seine eigene musste ihn vielleicht im Kochoutfit sexuell anheizen. Hatte Brömme überhaupt eine Frau? Grauenhaft diese Vorstellung, wenn man bedenkt, dass er vielleicht hinter seiner seriösen Fassade eine abartige Bestie war. Ich nickte zum Gruß und huschte an ihm vorbei. Sein Aftershave war an diesem Morgen alles andere als dezent. Es wanderte mit dem Luftzug, den ich mit Schwung in die Küche brachte, hinein und versetzte den Koch in Atemnot.

»Meine Güte«, schimpfte der. Dabei wedelte er mit seiner eingegipsten Hand vor der Nase herum. »Hatte ich nicht gesagt, dass in der Küche keine Deos oder andere Duftsprays erwünscht sind?«

»Ist Aftershave«, nuschelte ich im Vorbeigehen. Ich begab mich ans Schneidebrett, wo schon allerhand Gemüse zum Abspülen und Schneiden auf mich wartete.

»Aftershave? So, so«, murmelte der Koch vor sich hin, während er das Dressing anrührte.

Für einen kurzen Moment überlegte ich, die Sache mit dem Aftershave aufzuklären und ihm zu sagen, dass nicht ich, sondern Brömme dieses furchtbare Zeugs verwendet hatte, ließ es aber bleiben und schnippelte wortlos die Beilagen auf ein mundgerechtes Maß.

Berlin, ick *komme*

Die Tage bei Hendrik im Hause vergingen wie im Flug und waren die wundervollsten, die ich je erlebt hatte. Nicht eine Sekunde hatte ich bereut, zu ihm gezogen zu sein. Im Gegenteil, ich entdeckte Seiten an mir, die ich vorher nicht gekannt hatte. Und auch das Assistieren bei abendlichen Notfällen machte mir zunehmend Spaß. Ich half tatsächlich einem Fohlen auf die Welt, bandagierte einem Jagdhund die Pfote und befreite eine Lachmöwe aus einem Fischernetz. Ja, ich war auf dem besten Wege, eine gute Tierarztfrau zu werden. Aber ich freute mich ebenso auf meine freien Tage in Berlin. Hendrik hatte angeboten, mich zu fahren und auch wieder abzuholen. Voller Spannung packte ich meine Tasche. Schließlich hatte ich Richard eine Menge Neuigkeiten zu berichten.

»Du siehst wunderprächtig aus.« Richard umarmte mich. Dabei rannen winzige Tränen über seine Wangen.

»Nun heul doch nicht«, beruhigte ich ihn. »Du hast mich jetzt drei ganze Tage und wirst noch froh sein, mich wieder loszuwerden.«

Hendrik stand, mit meiner Reisetasche in der Hand, neben mir. Er verfolgte wortlos unser Begrüßungsritual. Und mit Sicherheit wunderte er sich auch über die traditionellen Luftküsschen, die Richard rechts und links meiner Wangen verteilte.

»Richard, darf ich vorstellen: Hendrik Zapf.«

Hendrik reichte ihm vorsichtig die Hand. Auf seiner Stirn pressten sich deutlich sichtbar Schweißperlen aus den Poren. *Richard wird ihn doch nicht küssen?* Das tat er nämlich, wenn es um Menschen ging, die er mochte, oder um Männer, die ihm gefielen.

Richard trat näher und reichte Hendrik distanziert die Hand. *Richard und distanziert? Mensch, Richy, hier steht ein ganzer Kerl vor dir!* In all den Jahren hatte Richard sich keine Gelegenheit entgehen lassen, wenn es darum ging, einem Mann näher als auf Flohspringweite zu kommen. Wie weit springen diese kleinen Biester eigentlich? Ich vermutete, so um die dreißig Zentimeter.

Richard wich den Blicken von Hendrik aus. »Ich nehme deine Tasche mit, Rapunzel.« Dann griff er mit den Worten »War schön, Sie kennengelernt zu haben« nach meiner Reisetasche und verschwand damit im Hauseingang des Berliner Altbauhauses.

Hendrik sah mich erstaunt an. »Sagte er Rapunzel?«

Verdammt! Rich, du alte Plappertasche. »Ja, sagte er.«

Durch Hendriks Gesicht fuhr ein verkniffenes Lächeln. »Dein bester Freund nennt dich Rapunzel?«

Ich atmete tief die Stadtluft ein. Es war an der Zeit, Hendrik von meinem Ziel zu erzählen. Natürlich in Kurzform. »Also«, begann ich, wobei ich mich ins Auto beugte, um Füchschen zu verabschieden. »Ich will Schauspielerin werden und besuche eigentlich die Berliner Schauspielschule, anstatt auf Bestattungen zu servieren, wenn da nicht dieser dumme Unfall gewesen wäre.« Der dreibeinige Fuchs brachte ein Winseln hervor. Ob er spürte, dass dies ein Abschied war?

Hendrik sah mich fragend an. »Unfall? Ich meine, was hat das mit dem Namen zu tun?«

Ich kraulte Füchschens Kopf, der die Größe eines mittleren Yorkshire Terriers hatte. »Können Füchse Leid ausdrücken? Also jaulen so wie Hunde?«

»Ja«, erwiderte Hendrik ungeduldig. »Aber lenk nicht ab.«

Ich schloss die Tür des Wagens und umarmte ihn. »Wo war ich stehengeblieben?«

»Beim Unfall und dem Namen Rapunzel.« Er schwang die Hände um meinen Rücken und zog mich zu sich heran. »Raus damit!«

»Ach ja, da gibt es eigentlich gar nicht viel zu erzählen. Meine Haare waren bis vor kurzem so lang.« Ich zeigte auf meine Waden. »Und außerdem habe ich ein Berufsziel, ich will das beste Rapunzel aller Zeiten spielen, auf der Theaterbühne, verstehste? Und der Unfall …« Ich winkte ab. »… war eh nur fingiert, eine üble Abzocke von einem Wichtigtuer.«

»Interessant«, sagte er mit einem ahnungslosen Grinsen. »Falls du mir irgendwann mal mehr erzählen möchtest, bin ich da.« Dann drückte er seine Lippen auf meine und küsste mich innig.

»Wofür war dieser Kuss?«, fragte ich überrascht.

Doch Hendrik legte seinen Finger auf meinen Mund. »Pst«, säuselte er, bevor er mich erneut küsste, eindringlich wie noch niemals zuvor.

Ach Berlin, wie hab ick dir vermisst! Ich streckte meine Beine aus und lehnte mich entspannt in der ausgefransten Hollywoodschaukel zurück. Elke hatte sie mal auf einem Sperrmüllhaufen entdeckt und sie gewissermaßen vor dem Schreddertod bewahrt. Seitdem stand sie auf der Dachterrasse, hoch oben auf dem alten Berliner Bau, mit Blick über die Zugstation und die Bahngleise. Richard setzte sich neben mich. Er trug lilafarbene Flip-Flops. Mit Absätzen? Etwas neiderfüllt beugte ich mich hinab. Von Dior? Genau solche, wollte ich auch immer. Ich griff danach.

»Hey, lass das«, kicherte Richard und zog jovial seine Füße weg.

Dass er kitzelig war, wusste ich nur zu gut. Wir alberten etwas herum, so wie in alten Zeiten. Alte Zeiten! Gott, es war doch erst einige Wochen her. Aber es erschien mir wie eine Ewigkeit. Und auch sonst hatte sich in der Wohnung einiges verändert. In meinem Zimmer stand ein CD-Ständer, den ich nicht kannte, und auf meinem Tisch lag ein Rechner. Auch hatte irgendwer Bettwäsche aufgezogen, die wie eine Zeitungsseite aussah. Hallo? Wer bettet sich schon auf die Berliner Tagespresse?

Ich lächelte stumm vor mich hin. Bestimmt hatte Sarah mich überraschen wollen, oder Elke hatte schlichtweg die Bettwäsche verwechselt.

»Dieser Hendrik ist also Tierarzt«, begann Richard mit seinem Verhör. Dabei rührte er mit seinem Strohhalm im Erdbeershake herum. »Und was verdient er so?«

»Was weiß ich. Er wird schon irgendwas verdienen.«

Richard blickte mich entsetzt an. »Irgendwas? Na hör mal, du musst doch wissen, worauf du dich einlässt, Süße. Oder willst du am Ende noch für einen Möchtegernmediziner aufkommen?«

»Wieso aufkommen?«, fragte ich irritiert. »Schließlich sind wir ja nicht verheiratet.«

»Heutzutage reicht es schon, wenn man mit jemandem zusammenlebt. Einmal geirrt, und schwupps hast du den finanziellen Löwenanteil am Hals.«

Ich schluckte. Sollte ich es ihm jetzt sagen? Ich schlürfte an meinem Shake, während sich die Stimme in mir aufbäumte und gegen meinen Kopf hämmerte. *Sag es ihm! Jetzt!* Ich gab nach.

»Richard, ich bin zu Hendrik ins Haus gezogen. Das, was er von seinem Vater geerbt hat.«

Er verschluckte sich und rang nach Luft.

Ich klopfte auf seinem Rücken herum. »Aber das hat nichts zu bedeuten, glaub mir. Ich meine, falls du denkst, ich werfe jetzt meine Pläne über Bord«, fügte ich hinzu, um seinen Hustenanfall zu mildern.

»Du kennst diesen Mann doch gar nicht!«, hüstelte er mit vorgehaltener Hand.

»Doch, tu ich!«

»Und wie lange? Einen Monat?«

»Zwei Monate«, verteidigte ich meine Entscheidung.

Elke kam hinzu. Sie hatte einen Pott Kaffee in der Hand.

»Hast du es ihr schon gesagt?«, fragte sie Richard.

Ich blickte zu Richard. »Was gesagt?«

»Wegen deinem Zimmer«, stammelte er etwas verlegen. Dann wandte er sich Elke zu, die ihn provozierend anstarrte. »Wieso soll ich das tun? Sag du es ihr! Du bist doch die mit der schlechten Nachricht.«

Kurz darauf hatte mich Elke auf Informationsstand gebracht – natürlich erst, nachdem sie mir gesagt hatte, dass mein Haarschnitt mich moppelig aussehen ließ – und mir dann eine Mieterhöhung unter die Nase gerieben. Sie wedelte schimpfend mit dem Erhöhungsschreiben vom Vermieter herum, während sie mir versicherte, dass sie nichts dafür könne. Ein weiteres Problem sei mein ungenutztes Zimmer, das ohne mich so völlig vor sich hin verstaubte, meinte Elke.

»Wieso Staub?«, fragte ich. »Wenn ich doch gar nicht da bin, kann ich weder Staub aufwirbeln noch wegwischen.«

Sie nippte an ihrem Kaffee. »Drum eben! Und dabei erreichen mich Dutzende von Anfragen, ob ein Zimmer zur Vermietung steht.«

»Hast du denn annonciert?«, wollte ich wissen.

»Natürlich nicht! Aber alle wissen doch, dass du weg bist. Und da dachte ich …« Sie machte eine Pause, während sie ihren Pott nervös in der Hand drehte. »Na ja, weil du doch jetzt auch das Geld so dringend brauchst …«

»Was dachtest du? Dass ich mein Zimmer aufgebe?«, unterbrach ich sie erzürnt. »Und wo bitte soll ich wohnen, wenn ich auf Besuch bin oder wiederkomme?«

Elke schwieg.

»Hallo? Erde an Elke. Wo bitte soll ich wohnen?«

Zögerlich rückte sie mit der Sprache heraus. »Ich habe es …, na ja zwischenvermietet quasi. Aber nur bis maximal November.«

»Was?«, schrie ich sie an. »Du kassierst doppelt?«

»Was heißt doppelt? Du zahlst immer noch den Anfangszins, falls du es vergessen hast. Den, den wir für die Probezeit in der WG ausgehandelt hatten. Alle anderen blechen wesentlich mehr. Und Jule übernimmt nur die Differenz, weil sie derzeit noch volontiert.«

»Was diese Jule auch immer macht, interessiert mich nicht! Diese Tussi hat in meinem Zimmer nichts verloren.« Wütend sprang ich auf und rannte in den anonymen Schutz der Großstadt hinaus.

Ich lief ziellos die Straßen entlang. Autos hupten, Hunde bellten, ein kleines Mädchen humpelte heulend neben seiner Mutter her, und ein Zug donnerte über meinem Kopf hinweg die Bahnbrücke entlang. Der Boden unter meinen Füßen bebte bei jedem Waggon. Ja, ich war zu Hause, aber dennoch fremd.

Den restlichen Abend verbrachte ich in meiner Lieblingskneipe, der Berliner Rumpelkammer. Ein Ort, an dem sich Künstler jeglicher Ausrichtung trafen. Richard war mir offensichtlich gefolgt. Vielleicht aus Sorge, vielleicht aber auch nur, weil ihn sein schlechtes Gewissen plagte. Er rückte einen der Barhocker heran und setzte sich zu mir an den Tresen. Der Wirt kannte uns und stellte Richard eine Bloody Mary hin. Dann widmete er sich wieder dem Polieren seiner Gläser. Ich nahm mein angetrunkenes Cocktailglas und wandte mich ab.

»Mensch, Punzelchen, ich wollte es dir doch sagen. An dem Tag, als du mir von diesem Fuchs erzählt hast, weißt du noch? Aber du klangst so optimistisch, und da dachte ich mir …«

»Was?« Ich drehte mich um und blickte ihn an. »Was dachtest du? Dass ich mich weniger aufrege, wenn ich in Berlin bin? Und überhaupt, wo ist eigentlich Sarah? Und wieso ist plötzlich alles so befremdlich?«

Richard rückte näher. Er breitete die Arme aus. »Komm mal her.«

Ich rutschte von meinem Barhocker und schmiegte mich an seine Brust.

Er seufzte auf. Es war aber kein normales Seufzen, sondern diese Art Seufzer, die einer schlechten Nachricht vorauseilen.

»Ist was mit Sarah?«, fragte ich besorgt.

Sein Gesichtsausdruck ließ Schlimmes ahnen. »Sie liegt wieder in dieser Klinik.«

Ich schwang mich zurück auf den Hocker. »Verdammt! Hat sie wieder dieses Zeug genommen?«

Richard trank einen Schluck und schlug die Beine übereinander. »Das war doch nur eine Frage der Zeit. Vergiss bitte nicht, wo sie herkommt.«

Ich versuchte den Tränenfluss, der sich in meinen Augen bildete, zu unterdrücken. »Diese bescheuerte Stadt!«, schrie ich so laut, dass die anderen Gäste mich anstarrten. »Die Stadt und das System haben sie kaputtgemacht!«

Richard griff nach meinen Händen, die sich zitternd um das Cocktailglas pressten. »Lass gut sein«, versuchte er mich zu beruhigen. »Sie alleine ist dafür verantwortlich. Nicht diese Stadt und nicht das System.«

»Ach ja? Und du glaubst das wirklich?«, zischte ich zynisch zurück. »Sarah hat es gewusst! Sie hat mir immer gesagt, dass sie hier keine Chance haben wird. Und ich habe ihr nicht geglaubt, ihr gesagt, dass sie eine wundervolle Schauspielerin werden kann, hier in Berlin. Ganz egal, welchem Milieu sie entstammt.«

Richard knallte sein Glas auf den Tresen. »Schön! Dann hätte sie die Finger von dem Stoff lassen sollen. Jetzt ist sie rausgeflogen, raus aus dem Kurs und der Schule.«

Ich spürte mein Herz rasen. Spürte, wie es beim Marathon gegen meine Brust schlug. Verdammt noch mal! Nicht Sarah! Ich mochte sie. Und mir war völlig egal, was die anderen über sie sagten.

Als der Abend dämmerte, schlenderte ich mit Richard langsam zurück. Ich hatte mich schon moralisch auf eine eingeengte Nachtruhe auf dem Gästebett eingestellt. Aber Richard bestand darauf, dass ich in seinem Bett schlief und er auf dem unbequemen Klapperding, dessen Federkern der Prototyp von einem Manta-Stoßdämpfer sein musste.

Kurz vor der Haustür trafen wir auf den Sohn des Hausmeisters. Ich stieß Richard an. »Los, frag ihn doch mal«, tuschelte ich ihm ins Ohr. Richard hatte mir an unzähligen Abenden von Ronnys meeresblauen Augen vorgeschwärmt. Aber mein bester Freund ignorierte die Aufforderung.

»Los, mach schon!«, animierte ich ihn erneut.

Doch Richard machte einen auf arrogant und grüßte seinen Schwarm mit einem obercoolen Nicken.

Träumte ich? Etwas ratlos keuchte ich die sechs Etagen hinauf, während ich mich fragte, was mit Richard los war. Er wird doch nicht etwa? Nee! Ich kannte zwar homosexuelle Männer, die Kinder hatten und vorher mit Frauen liiert waren, bevor sie sich outeten. Aber umgekehrt? Verstohlen blinzelte ich zu meinem besten Freund.

»Du, Rich? Kennst du Schwule, die irgendwann mal zum Hetero geworden sind?«

Er wurde etwas blass um die Nase. Obwohl ich mit Richards sexueller Ausrichtung keinerlei Probleme hatte, war es für ihn selbst immer noch ein Tabuthema. »Quatsch! So was gibt's nicht«, grummelte er.

»Woher willst du das wissen? Denk doch mal an das Ying und Yang.«

Er machte eine Handbewegung, die mir eindeutig zu verstehen gab, dass er keine Lust hatte, darüber zu reden. Dann schlüpfte er wieder in die lila Flip-Flops, um die ich ihn beneidete. Verflucht! Sie sahen fantastisch aus an ihm. Ich blickte zu meinen Füßen hinunter, die in bunten Haussocken steckten. »Darf ich mal probieren?«, fragte ich ihn.

»Die Flipys?«

Richard nannte aus unerklärlichen Gründen alle Zehensandalen so.

»Klar, die Flipys.«

»Vergiss es! Untersteh dich, sie auch nur anzurühren«, fauchte er zurück. »Diese Sandalen teile ich nicht! Nicht mal mit dir! Und auch keine fünf Minuten zum Anprobieren.«

Ich konnte einfach nicht schlafen. Immer wieder wälzte ich mich hin und her. Richards seltsame Schnarchgeräusche nervten kolossal. Wer bitte kann bei diesem Geschnarche schlafen? Ich rüttelte an ihm herum, was zur Folge hatte, dass er sich verschluckte und zu dem Schnarchen schmatzende Geräusche hinzukamen. Zum Verrücktwerden.

Ich schlich aus dem Zimmer. Das Ende des langen Korridors wurde von einem Lichtschein erhellt, der eindeutig aus der Küche kam. Konnte Elke etwa auch nicht schlafen? Sie steckte mit dem Kopf im Kühlschrank. Moment! Irgendwer steckte mit dem Kopf im Kühlschrank. Denn Elke trug gewiss keinen Slip, auf dem der Graf von Unheilig den Hintern zierte. War der Graf etwa dicker geworden? Oder lag es am Hinterteil derjenigen, die im Kühlschrank steckte? Frivol wackelte sie damit herum, bis sie fand, was sie gesucht hatte.

»Huch!«, erschrak sie, als sie mich erblickte. »Du musst Rapunzel sein.« Dabei wanderte ihr Blick zu meinen Haaren.

Ich nickte und versuchte ihre Mimik zu entziffern. »Jule, nicht wahr?«

»Genau.« Sie stellte den Milchkarton zur Seite. »Ich hoffe, es macht dir nichts aus, dass ich dein Zimmer benutze. Elke meinte, es wäre okay für die Zeit, während ich am Ministerium volontiere.«

Okay? Nichts war okay! Ich musterte ihre Füße, die trotz ihrer Nacktheit eine gewisse Eleganz ausstrahlten. Auf ihren Fußnägeln spiegelte sich das Licht vom Kühlschrank. »Nein, tut es nicht. Und bitte, keine Pinguine.«

Sie sah mich fragend an. »Was meinst du mit ›keine Pinguine‹?«

»Wegen des offenen Kühlschranks«, erklärte ich und schloss die Tür. Mich hatte das schon immer geärgert, wenn irgendwer ewig und unentschlossen in den Kühlschrank starrte und dabei die ganze kalte Luft entwich. Man muss doch vorher wissen, was man will.

Jule blickte mich immer noch verdutzt an.

»Dieser Kasten ist ein Stromfresser, wenn er ständig nachkühlt, verstehste?«, versuchte ich sie von der Notwendigkeit einer geschlossenen Kühlschranktür zu überzeugen. Mit wenig Erfolg. Offenbar hatte sie nix mit Energie- und Sparpolitik am Hut. Minuten später hing sie erneut mit dem Kopf im Kühlschrank, auf der Suche nach einem Joghurt, der unbedingt noch in dieser Nacht gegessen werden müsse, wegen des Verfallsdatums. Kopfschüttelnd kapitulierte ich, griff mir Richards Gemüsesaft und nahm einen großen Schluck direkt aus der Flasche. Wenn die Neue schon nicht sparen wollte, dann wenigstens ich, auch wenn es nur das Geschirr für die Spülmaschine war.

Als ich ins Zimmer zurückkehrte, war es ungewöhnlich still. Richard saß auf der Gästeliege, den Kopf auf seine Hände gestützt.

»Alles klar?«, fragte ich etwas in Sorge.

»Nichts weiter. Nur Kopfweh«, antwortete er gähnend.

Ich küsste seine Stirn und kroch zurück ins Bett, das nach Richards spezieller Nachtcreme roch. »Sollen wir tauschen?«, fragte ich ihn. »Vielleicht sollte ich den Rest der Nacht auf dieser Klapperliege schlafen.«

Aber Richard verneinte, löschte das Licht und rollte sich wieder in seine Kuscheldecke.

Ich hatte mich so sehr auf ein Frühstück in gewohnter Runde gefreut – mit Richard, Elke und Sarah am Tisch zu sitzen und bei Ei, Kaffee und Schrippen zu plaudern. Stattdessen saß ich in der Schnellbahn und düste durchs morgendliche Berlin. Bevor ich wieder nach Rügen aufbrach, wollte ich Sarah besuchen, ihr eine Moralpredigt halten und sie in den Arm nehmen. Richard wäre gerne mitgekommen, musste aber ins Theater. Wir sprachen ab, dass ich später zur Vorführung der Schauspielabschlussgruppe hinzustoßen würde. Ich vermisste es, in der Requisite zwischen Mottenkugeln und Kleidern zu stöbern. Und natürlich fehlten mir die spannenden Minuten vor dem Auftritt, in denen ich mit feuchten Händen auf Richards Stuhl saß, während er mich zu einem völlig neuen Menschen schminkte. Mal war ich eine Bäuerin, mal die Bedienstete eines Generals, aber am liebsten war ich Rapunzel.

Ich blickte nach draußen. Die Hektik der Stadt huschte an mir vorbei. Ich suchte verzweifelt nach dem wohligen Gefühl, nach dem Klick im Kopf, der mich meiner Heimat wieder näherbrachte. Aber in meinem Kopf spukten nur Dinge herum, die nichts mit Berlin zu tun hatten. Ich dachte an Hendrik, sah, wie Knuffelbär es sich auf meiner Bettseite gemütlich machte, hörte das Wimmern vom Füchschen und das Rauschen des Meeres.

»Tschuldigung«, murmelte ein Mann, der mich versehentlich anstieß und aus den Gedanken riss. »Sind Sie Berlinerin?«, fragte er beim Hinsetzen.

Ich wollte nicken, jedoch überkam mich eine seltsame Steife im Genick. »Eigentlich … bin ich Rügenerin«, stammelte ich.

»Ach so«, erwiderte er etwas enttäuscht. »Dann wissens' wohl och nich, wo die Arge sitzt.«

Klar, wusste ich das. »Nächste Haltestelle raus und links die Hauptstraße runter, bis dahin, wo die meisten Kippen auf der Erde liegen.«

»Ach, was?«, nuschelte er erstaunt. »Da muss man wohl och vor de Türe rochen jehn? Diese scheiß Nichtrocherzonen! Zum Kotzen ist das! Oder wat meenen Sie?«, schimpfte er vor sich hin.

Ich nickte, während meine Gedanken schon in der Klinik weilten.

Ich hasste Krankenhäuser! Sie machten mir Angst und rochen nach Desinfektion, obwohl doch jeder wusste, dass sich in ihnen die meisten Bakterien tummelten. Eine Schwester schob eine ältere Dame, die in einem dieser rollenden Betten lag, in einem Affenzahn an mir vorbei. Wild gestikulierend sträubte sich die Patientin gegen das bevorstehende Ziel.

Etwas weiter hinten kam ein verglaster Tresen, hinter dem sich zwei Stationsschwestern einem vollgedröhnten Teenager widmeten. Der Rotschopf mit dem Irokesenschnitt und den bläulichen Strähnen – *oder waren die Grün?* – hatte offenbar die Nase vom Herumliegen voll. Er verlangte, entlassen zu werden oder wenigstens etwas Stoff für seinen – und das schwor er mit Hand aufs Herz – allerletzten Schuss.

»Entschuldigen Sie bitte«, fragte ich zögerlich. »Ich möchte zu Sarah Kramer.«

Ohne aufzublicken, zeigte eine der Schwester zur Decke, gefolgt von einem gegrummelten: »Eine Station höher.«

Aha! Die ganz Kaputten lagen also unten. Ich murmelte ein »Danke« und lief zurück zum Lift.

Nachdem ich auch noch die Zimmernummer in Erfahrung gebracht hatte, klopfte ich sachte gegen die schwere weiße Tür des Krankenzimmers.

»Mensch, ja«, ertönte es von drinnen. Und es klang verdammt nach Sarah. Vorsichtig öffnete ich einen Spalt und spähte hinein. Sarah saß auf ihrem Bett. Ihre Beine baumelten herab, während sie ihr zerzaustes Haar um den Finger drehte. Als sie mich sah, huschte ein winziges Grinsen über ihr Gesicht. »Komm rein und schau genau hin«, rief sie sarkastisch. »Sarah Kramer, der aufstrebende Stern am Schauspielhimmel, die nach Schulschluss den Wischmopp am Theater schwingt, um sich ihre Miete und die verfluchte Ausbildung zu verdienen, ist wieder ins Milieu gerutscht.« Dabei fuchtelte sie mit ihren Armen herum, als wolle sie eine Besoffene nachäffen.

»Mensch, Sarah …«

»Lass mich ausreden!«, fiel sie mir ins Wort. »Also … diese Sarah Kramer ist wieder unten angekommen, da wo angeschafft, gekokst und gefixt wird, wo es den ganzen Dreck von Berlin hinweht. Und nun? Glaubst du mir nun?« Sie ließ sich zurück auf Bett fallen und vergrub ihr Gesicht im Kissen. »Gott, Rapunzel, ich hasse diesen Scheiß! Ich will so nicht mehr …«, brach es aus ihr heraus.

Ich beugte mich über sie. »Denk nicht mal dran! Hörst du?« Dabei rüttelte ich an ihr herum. »Hörst du?«, wiederholte ich, um sie von dem Gedanken an Selbstmord abzubringen. Mein Puls war auf dem Weg zu olympischem Gold, und in meinem Kopf brüllte die Stimme: *Verpiss dich aus diesem Zimmer! Was geht es dich an!*

Eine Lüge ist fast *keine Lüge*

»Ihre Schwester?« Die Stationsärztin musterte mich skeptisch.

»Sicher!«, log ich überzeugend. »Ich war einige Zeit beruflich unterwegs und habe gestern Abend erst von Sarahs Einlieferung erfahren.« Ich kramte in meinem Rucksack. »Du meine Güte! Ich muss wohl voller Hektik die Börse mit den Papieren vergessen haben.«

»Schon gut«, unterbrach die Ärztin meine Wühlaktion. »Wir werden Ihre Schwester morgen in die Psychiatrie überweisen.«

Ich zog die Augenbrauen hoch. »Ist das denn notwendig? Ich meine, wäre es nicht von Vorteil, wenn ich sie mit zu mir ans Meer nehme und vor Ort psychiatrisch behandeln lasse?«

Die Ärztin strich eine Haarsträhne hinter ihr Ohr. »Hm, aus medizinischer Sicht wäre nichts dagegen einzuwenden. Sie müssten allerdings in dieser Zeit als Betreuerin ihrer Schwester fungieren.«

»Aber natürlich«, versicherte ich.

»Okay. Dann werde ich die Papiere fertigmachen, die Sie mir allerdings unterschreiben müssten.«

»Kein Problem«, lächelte ich. Herrgott im Himmel! Was bitte gibt's für Urkundenfälschung? Ich wusste es nicht, aber gewiss war es mehr als drei Vaterunser …

Richard schlug entsetzt die Hände vors Gesicht. »Du hast was?«

»Was sollte ich denn tun?«

Er schwang sich auf den Schminksessel und fuhr sich durchs Haar. »Du landest noch mal im Knast für deine Gutmütigkeit.«

»Blödsinn!«, hielt ich dagegen. »Ist doch nur eine dumme Unterschrift.« Die anderen vier Unterzeichnungen plus der doppelten Ausführungen ließ ich lieber weg.

»Ich glaube, du solltest dich mal schlaumachen, Süße. Urkundenfälschung ist eine Straftat und wird mit bis zu …«

»Papperlapapp«, unterbrach ich seine Gesetzespredigt. »Ich helfe einer Freundin, so sehe ich das. Und Rügen ist weit genug weg von dem Zeugs, der Stadt und dem ganzen Mief.«

»Gott, Koks ist doch kein Zeugs! Es ist die Droge des Vergessens, der aufgeschobenen Sorgen und der Reichen. Zumal ich mich frage, woher Sarah die Kohle dafür hatte.« Er schüttelte ungläubig seinen Kopf. »Egal, sie wird es sich auch auf Rügen besorgen, du wirst sehen.«

»Und bitte wo? Beim Inselbäcker? Ich hätte gerne drei Brötchen, zwei Stücke Kirschsahne und drei Gramm von dem leckeren Kokain da hinten.«

Obwohl … Wo hatte eigentlich Antonio sein Gras her? Ich ging nicht davon aus, dass er getrocknete Meeresalgen rauchte. Wahrscheinlich hatte er sich etwas Marihuana im Garten angepflanzt, gleich neben Ortruds Tomaten. Und die goss sie natürlich regelmäßig, in der Hoffnung, dass sie schnell zu einem prächtigen Bananenbaum heranwuchsen und Früchte trugen. Merke: Ortrud eine Lehrstunde über verbotenes Blattgrün erteilen.

»Spotte du nur! Aber beschwere dich nicht, wenn dein Plan nach hinten losgeht. Ich habe dich gewarnt.« Dann klatschte Richard mit den Händen auf seine Oberschenkel, sprang auf und verließ mit den Worten »Steig von deinem

Turm herab und denk mal über die Folgen nach« den Visagistenraum.

Als der Vorhang fiel, jubelten die Zuschauer. Einige verlangten lautstark nach einer Zugabe. Ich war Richard an die Seite der Bühne gefolgt. Die Theatergruppe der Schauspielschule versammelte sich noch einmal, um sich unter erneutem Beifall vorm Publikum zu verbeugen. Richard stand angelehnt an einem Pfosten. Er betrachtete das Ende der Vorführung mit einem zufriedenen Nicken, während er etwas vor sich hin grummelte. Irgendwie wirkte er müde und zerschlagen.

»Ein toller Erfolg«, säuselte ich.

»Ja, das ist es.« Er blickte mich an. Seine Hand fuhr über meine Wange, um eine verirrte Träne wegzuwischen. »Aber du bist das wahre Rapunzel. Du spielst diese Rolle wesentlich ausdrucksstärker als diese Charlotte. Selbst die Knödelmeyer hast du überzeugt, vergiss das bitte nicht«, sagte er im Tonfall eines großen Bruders.

Wie konnte ich, wo ich doch so viele Jahre an diesem Traum gearbeitet hatte? Aber jetzt, wo ich Hendrik kannte, den Mann, der mir ein vollkommen neues Leben zeigte, verblassten der Traum und der ständige Drang nach Applaus. Ich griff nach Richards Hand. »Weißt du …«, begann ich, »… ich bin mir da nicht mehr so sicher, was mein Ziel anbelangt.« Ich legte seine Hand auf meine Brust. »Spürst du mein Herz?«

Richard nickte.

»Es schlägt für dich, meinen besten Freund. Und für Sarah, Hendrik, das Meer, Rügen und all die Tiere, die auf so wundersame Weise in mein Leben geraten sind. Aber ich glaube, es schlägt nicht mehr für diesen Traum.«

Auf dem Rückweg lief ich an meiner Schule vorbei. Ich stand auf dem Pausenhof und betrachtete die verwitterte Fassade, an deren Mauern unterhalb kleine Moosbüschel aus den Fugen wucherten. Wie Geschwüre vereinnahmten sie das feuchte und in die Jahre gekommene Gemäuer. Ich setzte mich auf eine der beschmierten Bänke, die im Halbkreis aufgestellt waren.

Das Grün des Mooses war das einzige Grün auf diesem Hof. Mir war niemals aufgefallen, wie trist und düster dieser Ort eigentlich war. Sekunden später kam eine Gruppe junger Künstler aus der Schauspielschule getrampelt. Sie redeten aufeinander ein, und niemand bemerkte, dass unweit von ihnen ein junger Mauersegler mit ausgebreiteten Flügeln den ersten Kampf seines Lebens führte. Ich stand auf, hob das Tierchen hoch und bettete es auf meinen Schoß.

Ach, wäre doch nur Hendrik jetzt hier, dachte ich beim Anblick des Vogels. Was bitte tut man mit einer flugunfähigen Schwalbe? Im Grunde wusste ich nichts über diese Vögel, außer dass es Regen gab, wenn sie tief flogen. Immerhin war ich bis vor kurzem nicht anders als diese jungen Menschen, die laut diskutierend zur S-Bahn-Station liefen, nichts anderes im Sinn, als die Konkurrenz wegzuspielen.

In der Ferne heulte eine Feuersirene, die kurz darauf von den Martinshörnern der Rettungsfahrzeuge übertönt wurde. Ich fädelte mich vorsichtig aus den Trageschlaufen meines Rucksacks. Ganz behutsam suchte ich nach dem Handy, um den ängstlich dreinschauenden Jungvogel nicht zu erschrecken. Hastig tippte ich darauf herum und wartete angespannt.

Komm schon, Hendrik.

Einen Tierarzt als Freund zu haben ist ein Abenteuer, das einen stetig dazulernen ließ. Nachdem ich auf Hendriks Anweisung die mobile Tierrettung gerufen hatte – ich wusste überhaupt nicht, dass es so was gab –, schlenderte ich an der belebten Einkaufsstraße entlang, die zu unserem Haus führte. Regungslos blieb ich stehen, als ich im Schaufenster ein Buch über Ängste und Phobien entdeckte. Nur wenige Menschen gehen furchtlos durchs Leben. Die meisten hingegen leiden, ohne es zu wissen, unter einer Phobie, stand da geschrieben. Ich rieb mir meine Augen, während sich ein Schmunzeln auf meinem Gesicht ausbreitete. Las ich da etwa die Angst vor Männern? Tatsächlich! Und diese Angst hatte einen ebenso medizinischen Namen, wie meine Erkrankung. Hominophobie, die Angst vor Männern und mit Sicherheit der Grund, weshalb Richard sich so komisch verhielt. Ich ging hinein und kaufte das Buch, dessen Inhalt die verrücktesten Phobien preisgab. Und ich konnte es kaum erwarten, das Buch Richard zu schenken.

Den letzten Abend wollte Richard mit mir in einem traditionellen Berliner Restaurant verbringen. Dieses Wirtshaus war eines der wenigen, die das originale Berliner Schnitzel auf der Speisekarte führten. Wiener Schnitzel kennt doch jeder. Aber wer wusste schon, was ein echtes Berliner Schnitzel ist?

»Kuheuter, das nach dem Garen paniert und gebraten wird«, klugscheißerte Richard zum Nebentisch.

Die Dame warf ihrem Mann einen zornigen Blick zu, weil dieser schon bestellt hatte. Tja, hätten sie sich mal früher schlaugemacht! Ich lehnte mich entspannt zurück und streckte meine Beine unter den Tisch. Die Kerze auf unserem Tisch flackerte mit jedem Windzug, den die Toilettentür beim Schließen machte. Musste es ausgerechnet der Tisch am Klo sein? Ich blickte mich um, aber der letzte freie Tisch wurde von einem Fünfjährigen belagert. Übel gelaunt, weil er wahrscheinlich den Sandmann verpasst hatte, fläzte er auf einem der Stühle und schmierte mit seinen speckigen Händen die Tischdecke voll.

Dann lieber Klo, dachte ich und stellte meine Serviette schützend vor die Kerze.

»Zwei Berliner Schnitzel!«, rief Richard dem Kellner zu, der die Bestellung mit einem »Bring ick gleich« bestätigte.

Ich kramte das hübsch verpackte Buch aus dem Rucksack. »Hier, für dich.« Dabei schob ich es zu Richard, der sich über das unerwartete Geschenk wunderte.

»Was ist das?«, fragte er mich.

»Mach es auf, dann wirst du es sehen.«

Mit der Präzision eines Visagisten, der zweiundfünfzig Wimpern einzeln voneinander zu trennen vermochte, damit Mann oder Frau den ultimativen Augenaufschlag bekam, öffnete er die Schleife.

»Reiß es doch einfach auf!«, forderte ich ungeduldig.

»Nun lass mich doch!«

Ich zog ihm das Buchpaket weg und riss das Verpackungspapier auf.

»Das ist doch …«, beschwerte sich Richard und griff danach. »Du machst es noch kaputt!«

»Nein, tu ich nicht«, rechtfertigte ich mein Eingreifen. »Ich rette es vorm Verfall.«

Richard zog eine Grimasse. »Das ist ein Buch, das hat kein Verfallsdatum.« Dann drehte er es um und las den Titel: Jede Angst hat einen Namen.

Das Berliner Schnitzel war auf gebratene Speckkartoffeln gebettet und übertünchte den Geruch vom Klo. Beherzt schnitt ich ein großes Stück ab und blickte kauend zum Nachbartisch. Die Dame stocherte angewidert in ihrem Essen herum, während es sich ihr männliches Gegenüber gewissenlos schmecken ließ. Männer eben! Hendrik hätte ihr das Kuheuter schmackhaft geredet, anstatt sich vollzustopfen mit dem Gedanken, kostenlos an eine zweite Portion zu gelangen. Richard blinzelte auf den Buchrücken seines Geschenkes, das neben seinem Teller lag. »Wieso kaufst du mir ein Buch über Phobien?«, fragte er mich.

Endlich! Mit großen Augen sah er mich fragend an. Gleich würde ich wissen, was mit ihm los ist. Aber vorher wollte ich Richard mit meiner Selachophobie ablenken, damit er nicht annahm, dass ich mich um ihn sorgte. In solchen Fällen machte er stets dicht und zog sich völlig zurück. »Du weißt doch, dass ich diese Panik vor Haien habe, wenn ich das Meer sehe«, fing ich an.

»Die hast du auch im Schwimmbad«, ergänzte Richard. »Und einmal sogar am Wannsee«, erinnerte er sich lachend, verschluckte sich dabei und hüstelte in seine Serviette.

»Ha-ha, sehr witzig!« Ich hatte damals wirklich einen riesigen Fisch mit spitzer Flosse gesehen. Und niemals war das ein Stör! »Ist außerdem völlig egal«, fügte ich gedemütigt hinzu. »Worauf ich hinaus will …« *Worauf will ich überhaupt hinaus?* Ich hatte den Faden verloren und vergrub meine Zähne in dem gut panierten Kuheuter, um Zeit zu schinden.

Richard tat es mir gleich. Schmatzend legte er seine Stirn in Falten, während er nebenher im Buch blätterte. Als er auf der Seite mit der Hominophobie ankam, schnippte ich nach dem Kellner. Zeit für einen Château Malmaison – einem trockenen Rotwein, der gut mit Rindfleisch harmonierte. Und Kuheuter war ja auch irgendwie Rind.

Nach fünf Gläsern hatte Richard diesen glasigen Blick

und konnte Hominophobie nur noch nach drei Ansätzen aussprechen. Er stützte sein Kinn auf die zusammengefalteten Hände. »Und du willst Sarah echt mitnehmen?«

»Ja! Aber wir waren gerade bei dir und deinem Problem«, erwiderte ich barsch auf sein Ablenkungsmanöver. Mir blieben noch wenige Stunden, um Richards außergewöhnliches Verhalten zu entlarven. Ich schenkte nach, um ihn redseliger zu machen.

Er prostete mir zu und nippte am Glas. »Ich habe mit Harry telefoniert«, sagte er, als wäre es das Normalste von der Welt.

»Harry? Mit deinem Vater?« Erstaunt stellte ich mein Glas ab. »Ich dachte, ihr redet nicht miteinander, seit dieser Geschichte damals.«

»Nein! Du verstehst nicht.«

Stimmt! Ich verstand das wirklich nicht, zumal sein Vater ihn mit sechzehn aus dem Haus geworfen hatte. Und das in Unterwäsche, mitten in der Nacht, nur weil Richard seinen Freund ins Zimmer geschmuggelt hatte. »Du hast ihm doch nicht etwa verziehen? All die Jahre, in denen er sich einen Teufel um dich geschert hat!«

»Hör auf!«, mahnte er mich und brach in Tränen aus. »Ich musste mit ihm reden, verstehst du?«

Ich griff nach seinen Händen, die zitternd auf dem Tisch ruhten. »Nein, tu ich nicht. Erklär es mir.«

»Weil mir der Arzt sagte, ich müsse mit ihm sprechen, ihn fragen, woran meine Mutter starb.«

Langsam kapierte ich, das es hier nicht um Versöhnung ging, sondern um etwas Ernstes. »Was auch immer es war, sie hat dich geliebt«, versuchte ich ihn zu besänftigen, was jedoch einen Heulkrampf zur Folge hatte. Mist! Ich hatte in eine Wunde gestochen, deren Ursprung ich nicht kannte. »Menschenskind, vergiss die Vergangenheit!«

»Das will ich ja! Aber meine Mutter hatte FFI. Sie verstarb an einer tödlichen Insomnie.«

»Und was hat das alles mit dir zu tun?«, fragte ich, nicht wissend, was das zu bedeuten hatte.

»Weil ich es wahrscheinlich auch habe, verdammte Scheiße! Ich werde genau wie sie an Erschöpfung verrecken!«, schluchzte Richard. Er zog seine Hände aus meinen und schlug mit der Faust auf den Tisch. Immer und immer wieder. »Du, dieser Scheißkerl hat gewusst, dass diese Krankheit autosomal dominant vererbt wird und mir nie was gesagt! Selbst nach ihrem Tode nicht!«

Ich starrte entsetzt auf die Szenerie, die ich selber ausgelöst hatte. Wie versteinert saß ich meinem besten Freund gegenüber. Ich suchte nach Worten, irgendwas, das ihn trösten könnte, fand aber nichts. Erst Minuten später konnte ich die herumwirbelnden Wortfetzen in meinem Kopf zu einem klaren Gedanken ordnen. Ich stand auf, ging um den Tisch und umarmte ihn so fest ich nur konnte.

»Gibt es einen Test?«, flüsterte ich. »Einen, der dir Gewissheit verschafft?«

Richard zitterte am ganzen Körper. »Ja! Aber ich hab ne Scheißangst davor.«

Das konnte ich gut verstehen. Ich drückte seinen Kopf an meine Schulter und betete an diesem Abend: Lieber Gott, lass meinen Freund nicht diesen Tod sterben – den Tod durch Erschöpfung.

In dieser Nacht bekam ich kein Auge zu. Ich hatte Richards Hand gehalten, in den Augenblicken, in denen er kurz wegschlummerte, die ganze Nacht lang. Ich dachte an den Moment im Restaurant, wo alles aus Richard herausbrach, an dem die Welt stillstand und mir die Gesichtszüge entglitten. Ich hatte doch mit allem gerechnet, dass er zum

Hetero mutiert war oder diese Phobie hatte – Verdammt! Wieso konnte es nicht diese bescheuerte Phobie sein? –, aber nicht damit, dass er vielleicht todkrank war und irgendwann vor mir von dieser Erde verschwinden würde. Und überhaupt, wollte ich nicht an seinen Tod denken müssen. Petrus mit Dauerwelle und lila Augenbrauen? Gott, nein! Richard durfte nicht gehen, nicht ohne sich noch einmal in den Richtigen verliebt zu haben und den Schwur abzulegen, Petrus' Haare niemals anzurühren. Ich streichelte über seine Wange, die glatter als ein Babypo war. Wie schaffte er das nur? Er wirkte glücklich in seinem kurzweiligen Traum, der gewiss vom glamourösen Auftritt eines Superstars handelte. Und *er* hatte ihn geschminkt und zu dem gemacht, was die Fans bejubelten. Richard war eben Richard! Ein schmächtiger Typ mit femininer Ausstrahlung, der das Herz eines Löwen besaß, wenn es darum ging, für seine Ideale einzutreten. Und dafür liebte ich ihn. Aber jetzt war es an der Zeit, dass er für sich kämpfte – gegen die zunehmende Schlaflosigkeit und den Gedanken, dass er todkrank war und an einer letalen familiären Insomnie litt – was so viel bedeutete, wie das fatale Dahinsiechen im Wachzustand.

Zukunft, ahoi!

Richard war an diesem Morgen schon früh aufgebrochen. Vorbereitungen für eine Premiere, hatte er gesagt. Aber tief in mir spürte ich, dass er mir den Abschied nicht unnötig schwermachen und wahrscheinlich auch Hendrik nicht begegnen wollte. Er hatte mich zum Abschied auf die Wange geküsst, ein Feuchttuch gezückt und die Spuren seines Lipgloss beseitigt, bevor er das Zimmer leise verließ. Als Hendrik hupte, war ich schon startklar. Ich rannte mit meinem Rucksack die Treppe hinunter, direkt in seine starken Arme. Küss ihn, forderte die Stimme in mir. Und obwohl ich ihm so viel erzählen wollte, klebte ich wie magnetisiert an seinem Mund.

Er griff mich unter den Armen und hob mich hoch. »Wofür war der denn?«, fragte er mit einem Glanz in den Augen, dass ich am liebsten den Knutschrekord mit ihm gebrochen hätte.

»Dafür, dass es dich gibt«, säuselte ich in sein Ohr, während ich mit den Füßen zappelte. Im Auto drückte sich eine Fuchsnase gegen die Scheibe. »Lass mich runter«, sagte ich, lief zum Wagen und öffnete die Tür.

»He, Füchschen«, begrüßte ich den aufgeregt herumtanzenden Rotfuchs. Ich war froh, dass sich noch keiner gefunden hatte, der sich des Dreibeiners annehmen wollte.

Hendrik hockte sich neben mich. »Er hat dich vermisst.«

Ach, es tat so gut, vermisst zu werden. Oben im Haus ging ein Fenster auf.

»Warte mal«, rief Elke runter. Vielleicht hatte sie endlich mal bemerkt, dass ich da war – ich, Rapunzel in Berlin, die vielleicht nach Elkes herzlosem Auftritt das Zimmer kündigte und nie wiederkommen würde. Völlig außer Puste hastete sie in ihren Badelatschen, die übrigens ihre Entenfüße noch breiter erschienen ließen, zu uns auf die andere Straßenseite. Ein Auto bremste mit quietschenden Rädern.

»Bist du noch ganz dicht?«, schrie der Fahrer. Ein anderer Autofahrer drückte seine Hand auf Dauerhupe, während er eine sichtbar ungehörige Handbewegung machte. *Berlin, ick liebe dir doch!* Wenigstens machte diese Stadt keine Unterschiede, wenn es darum ging, die Straße zu überqueren.

Wie eine Slalomläuferin fädelte sich Elke durch den reißenden Verkehr, der jede Unaufmerksamkeit bestrafte. Bis sie atemlos vor unserem Auto stand. Sie beugte sich japsend vor, stützte ihre Hände auf die Knie und pustete wie eine alte Dampflok. Mindestens wie eine von anno 1700, wenn nicht sogar wie der Mops vom alten Zeitungsfritzen. Der schnorchelte schon nach Luft, bevor er am Baum war, um zu pinkeln. Und danach trug ihn der Kioskbesitzer zurück ins Körbchen, hinter die Zeitungsständer, wo er röchelnd einige Stunden schlief, um dann wieder nach Luft schnorchelnd zum Baum zu trapsen.

Elke bekam wieder Sauerstoff. Man sah es deutlich an ihrem Gesicht, das wie ein Chamäleon von Rot zu Blass wechselte. »Ich brauche noch deine Unterschrift«, schniefte sie. Dann glättete sie das Blatt Papier, das sie in ihren Händen hielt.

Vertrag über eine Mietsache? »Vergiss es!«, rief ich. Im unteren Drittel des überarbeiteten Vertrages stand der neue Mietzins, der fast doppelt so hoch war wie bisher. »Das zahle ich nicht.«

»Ist doch erst ab November, wenn Jule weg ist«, versuchte sie die Sache zu mindern. Aber ich hatte keine Lust, mich länger ausnehmen zu lassen.

»Such dir ne andere Kuh zum Melken«, tat ich meinen Unmut kund. Nicht nur, dass sie mich kaum beachtet hatte, seit ich da war, sie hatte es gewagt, mein Zimmer einer Fremden zu geben. Und das, ohne mich zu fragen.

»Was?« Die Farbe ihres Gesichts wechselte zurück.

»Ich unterschreibe nicht! Und ich zahle auch ab sofort nichts mehr!«

Sie wedelte mit dem Schriftstück wild in der Luft herum. »Du kommst nicht sofort raus! Du hast 'ne Kündigungsfrist!«

»Stimmt! Es sei denn, mein angemietetes Zimmer wird von irgendwelchen Julen belagert und steht zur uneingeschränkten Nutzung nicht mehr zur Verfügung. Das wäre dann ein außerordentlicher Kündigungsgrund, ohne Frist und ohne Komma.«

Stille folgte.

Hendrik nickte, während Elke sich hilfesuchend umblickte. Suchte sie etwa den Paragraphen, der ihr zur Seite stand? Auf einer Hauptstraße in Berlin? Ich stieg ins Auto und schloss die Tür. Und auch irgendwie das Buch meines bisherigen Daseins.

Der Flur des Klinikgebäudes erschien mir länger als am Tag zuvor. Mit hallenden Schritten näherte ich mich Sarah – *meiner jüngeren Schwester.*

Hendrik glaubte es mir fast nicht, weil ich nie eine Schwester erwähnt hatte. Aber nach drei herausgepressten Tränen willigte er schließlich ein. Nur vierzehn Tage, schwor ich. Und ich fühlte mich verdammt mies dabei. Als die Stationsärztin mich erblickte, winkte sie mich heran.

»Wenn Sie mir die Übernahme der Patientin gegenzeichnen würden?« Dabei drückte sie mir einen ausgefüllten Zettel in die Hand.

Noch eine Straftat! Aber was würde es unterm Strich schon ausmachen, ob ich ein Mal oder zehn Mal unterschrieben hatte? Die Strafe blieb doch die gleiche. Das tat sie doch, oder? Egal! Wie eine echte Kriminelle beging ich die neue Straftat, ohne auch nur mit der Wimper zu zucken.

Als ich mit Sarah im Schlepp zum Auto kam, stieg Hendrik aus und half ihr beim Einsteigen. Dass er dabei eine Ähnlichkeit in unseren Gesichtern suchte, war gewiss nur eine Einbildung meinerseits. Zwei verschiedene Väter, erklärte ich, während ich mich nach hinten zu Sarah setzte, worauf sie zu kichern anfing. Ich warf ihr einen bedrohlichen Halt-die-Schnauze-Blick zu und knuffte sie mit dem Ellenbogen in die Seite. Wenn ich sie schon vor der Psychiatrie bewahrte, dann konnte sie doch wenigstens dichthalten. Füchschen sprang auf ihren Schoß und rollte sich zusammen.

Verräter, dachte ich, musste jedoch schmunzeln, weil Sarah ihn erschrocken anstarrte und verstummte. Ich glaube, sie hielt den Atem an, um den ungebetenen Gast nicht zu verärgern. Immerhin ruhte er auf ihrem Schoß, präzise genug, um seine spitzen Zähne in ihre empfindsamsten Stellen zu hauen. Entspannt warf ich mich in die Rückenlehne. Ein kleines Nickerchen, und schwupps wären wir am Meer. Denkste! Sarah begann zu würgen, noch ehe wir auf der Autobahn waren.

»Halt an!«, rief ich Hendrik zu und stieß die Autotür auf, was wie ein Startzeichen für ihren Mageninhalt war. Noch bevor sie einen Fuß hinaussetzen konnte, erbrach Sarah sich in hohem Bogen. Wenn sie nicht meine Schwester gewesen wäre, hätte ich sie in den Kofferraum gesteckt. Lügen haben eben kurze Beine! Oder bekotzte!

Der Wettermann im Autoradio hatte für Rügen Sturmböen vorausgesagt. Das war jedoch untertrieben. Düstere Wolken, die aus dem Nichts am Horizont auftauchten, sammelten sich zu einer Monsterwolke über uns.

»Da braut sich was zusammen«, murmelte Hendrik.

Hatte er keine Sekunde daran gedacht, dass er mir damit Angst machen könnte?

Sarah schlief seelenruhig. Ihr Magen hatte sich nach dem vierten Bremsmanöver, davon eines auf der Überholspur der A114, beruhigt oder war ausgetrocknet. Den Megasturm, der gegen das Auto drückte, bekam sie jedenfalls nicht mit.

Füchschen spürte die Gefahr, sprang von ihrem Schoß und verkrümelte sich im Fußraum.

»Ein schlauer Kerl«, bemerkte ich laut, um mich mit irgendwas abzulenken.

Hendrik saß angespannt hinterm Lenkrad. Keine Ahnung, wie er etwas erkennen konnte, als sich die Wolke über uns ergoss. Die Scheibenwischer gaben immerhin ihr Bestes, aber sie konnten den Kampf gegen die Wassermassen nicht gewinnen. Zu stark schüttete es gegen die Windschutzscheibe. Begleitet von einem brummenden Geräusch blieben sie mitten im Sichtfeld hängen. Hendrik hielt an und schlug die Hände auf das Lenkrad. »Verdammt!«

Verdammt? Ich war zwar noch nicht sehr lange mit Hendrik zusammen, und zweifelsohne gab es da noch eine Menge, das ich nicht über ihn wusste. Aber eines vermochte ich mit Sicherheit behaupten zu können: Wenn er »verdammt« sagte, hatte das meist keine guten Folgen.

Und wie recht ich hatte. Hendrik zog den Zündschlüssel ab, blickte uns an und sagte: »Hat wer einen Schirm dabei?«

Natürlich hatte keiner einen Schirm, zumal der uns bei diesem starken Wind wohl eher zur Mary Poppins hätte werden lassen, als uns trocken zu halten. Dennoch hatten wir keine Wahl. Wir mussten den Rest des Weges zu Fuß gehen.

Sarah nörgelte herum. »Ich bin pitschnass!«

Dachte sie etwa, ich wäre trockener? Ich spürte, wie mir das Wasser über den Rücken zum Po lief. Ein doofes Gefühl! Hendrik trug den zitternden Fuchs eingeschlagen in seiner Jacke, die ebenso durchnässt war und tropfte. Wortlos stapfte er vorneweg.

»Mann, meine Schuhe! Die kann ich in die Tonne knallen«, jammerte Sarah weiter.

»Hör auf zu meckern«, fuhr ich sie an. »Sind doch nur noch ein paar Meter.« Ich hakte sie ein, während ich meinen Rucksack schützend vor der Brust trug. Und ich war dankbar, dass mein Haar nicht mehr Rapunzel-Länge hatte. *Nur wenige Meter vor der schützenden Haustür vom Haar niedergedrückt und in einer Pfütze ertrunken.* Ich musste kichern, obwohl ich fror.

Sarah zerrte an meinem Arm. »Wie weit noch?«

Ich zeigte zum Haus, dessen Umrisse sich durch den dichten Regen abzeichneten.

Gott sei Dank! Schuhe aus, Füße hoch und eine Tasse ostfriesischen Tee. Dachte ich gerade an Ortruds Teemischung? Unmöglich! Ich mochte diesen Tee ja nicht einmal, geschweige dass ich mir eine Tasse herbeiwünschen würde. Aber ich vermisste Ortrud, ein bisschen wenigstens.

Sarah stellte ihre Tasche ab und blickte sich um. »Wow, eine echte Kuckucksuhr.«

Eher ein Staubfänger aus vergangenen Tagen, dachte ich im Vorbeigehen.

Hendrik setzte Füchschen ab, wischte sich das Wasser aus dem Gesicht und ging zur Uhr, die an der Wand im Wohnzimmer hing. »Ist von einundvierzig, original Schwarzwald.« Dabei strich er sanft über das antike Gehäuse.

»Mechanisches Pendelwerk mit Kettenzug und Schlagwerk«, erwiderte Sarah oberschlau. Unter ihren Füßen hatte sich eine Pfütze gebildet, die sich nach und nach zu einem See ausbreitete.

»Sollten wir uns nicht lieber umziehen, bevor wir uns den Tod holen?«, schlug ich vor, um vom Uhrenthema abzulenken. Und überhaupt, woher wusste Sarah, wie diese alten Dinger angetrieben wurden? Es gab also nicht nur Schwarzwälder Torte auf dem Kiez, sondern auch Schwarzwälder Uhren. Logo! Der Zwischendurch-Hopser in der Mittagspause musste wahrscheinlich zeitlich überwacht werden.

»Gute Idee«, stimmte mir Hendrik zu. »Du zeigst inzwischen Sarah das Gästezimmer, und ich mache den Kamin an.«

Nachdem wir uns alle in trockene Klamotten gehüllt hatten, lümmelten wir vorm Feuer herum. Beim Knistern der Holzscheite überkam mich ein wohliges Gefühl. Ich rutschte zu Hendrik, der von zwei unserer mittlerweile gut herangewachsenen Katzen belagert wurde. Auch Knuffelbär hatte ordentlich an Gewicht zugelegt und stürzte sich wie ein Tiger auf den Kratzbaum im Flur. Ich kuschelte mich an Hendrik. Nimm ihn hier und jetzt, forderte die Stimme in mir. Gerne! Aber Sarah bemerkte nicht die Bereitschaft meiner Hormone, Höchstleistung anzustreben. Fröhlich plapperte sie los. Sie erzählte Hendrik von Hamburg, den Schiffen und dem Hafen. Das hätte sie mal lieber gelassen, weil nun Hendrik annahm, ich wäre ebenso in Hamburg aufgewachsen. Er musterte mich fragend. *Super, Sarah!*

Ich zuckte gelassen mit den Schultern und erwiderte: »Zwei unterschiedliche Väter bedeuten auch zwei völlig andere Leben.«

»Aha«, brummelte er, küsste meine Wange und verstärkte in mir das Gefühl, dass er mir nicht glaubte.

Dreimal gezwinkert, plus eine eindeutige Gestik – Sarah hatte überhaupt kein Feingefühl. Sie kapierte erst, als ich mit einem Kondom aus dem Bad kam und dezent damit vor ihrer Nase fuchtelte, während Hendrik noch etwas Holz nachlegte. Mit einem übertriebenem Ach-bin-ich-müde-Gähnen, das mindestens acht Stunden Übung im Szenenspiel beinhaltete, schlich sie von dannen. So, jetzt, dachte ich und war bereit, meine sexuellen Erfahrungswerte aufzustocken, da klingelte es an der Haustür. Um Viertel nach zehn! Hendrik sprang auf – *es könnte sich ja um einen tierischen Notfall handeln* – und öffnete. Ich hoffte inständig, dass es nur der Postmann wäre, der seine morgendliche Route auf Abends verlegt hatte. Aber dann hörte ich Stimmen, und es fiel der Name Isabell.

Isabell? Seine Ex? Meine Hormonspiegel sank auf irgendwas zwischen Nonne und Emanze. Prima! Enttäuscht warf ich den Noppengummi ins Feuer und ging nach oben. Von Richard wusste ich nur zu gut, dass Gespräche mit Expartnern sich ins Unendliche dehnen können. Und keinesfalls hatte ich Lust, Isabell im Schlabberlook zu begegnen. Deprimiert warf ich mich aufs Bett. Sollte ich mal hinunterschleichen? Wenigstens einen Blick auf sie werfen? Vielleicht war sie ja gar nicht so hübsch, wie ich annahm. Auf Zehenspitzen arbeitete ich mich zum Treppenabsatz vor. Gerade als ich die knarrende Stufe umgehen wollte, riss Sarah die Tür vom Gästezimmer auf. Mit vor den Mund gehaltener Hand stürmte sie heraus und murmelte was wie Klo und schnell, bevor sie im Bad verschwand.

»Alles in Ordnung?«, rief Hendrik hinauf, der das Gepolter natürlich mitbekommen hatte. Dass ich dabei die Treppe fast hinunterstürzte, war das kleinste Übel an diesem Abend. Die Bombe platzte, als Hendrik mir eröffnete, dass bei Isabells Urlaubsbuchung etwas schiefgelaufen sein musste und das Hotel kein Zimmer frei hatte. Schließlich war Hauptsaison, rechtfertigte er seine Gastfreundlichkeit, der Zeitpunkt im Jahr, wo es auf Rügen keine freien Zimmer mehr gab.

Dieses Miststück! Isabell machte also einen auf die Ich-weiß-doch-nicht-wohin-Tour und punktete damit. Erbost über die Tatsache, dass in unserem Wohnzimmer die Konkurrenz schlummerte – natürlich nur, bis sie eine passende Suite gefunden hatte –, schlüpfte ich in meinen Schäfchenpyjama und kroch zu Hendrik ins Bett. Mein Testosteron war auf Tiefstand. Nö! Noch schlimmer. Ich dachte sogar über ein Jahresabonnement von Alice Schwarzers Feministinnenmagazin *Emma* nach.

Gut, dass ich heute wieder zur Arbeit musste. Und am liebsten hätte ich die untere Etage des Hauses komplett gemieden, wenn ich so etwas wie eine Strickleiter gefunden hätte. Isabell kicherte derweil in der Küche herum. *Mit Sarah! Meinem Fleisch und Blut!* Ich verstand, weshalb es so viele Familienfehden gegeben hatte – damals, im Wilden Westen. Vielleicht sollte ich ihr mal die Bedeutung von familiärem Zusammenhalt erläutern. Aber vorerst musste ich hinunter, in die Höhle der Löwin, die gewiss nur darauf lauerte, der Neuen den Garaus zu machen. Ich warf mich ins beste Outfit – einen Hosenanzug von Lagerfeld – glamourös, elegant und mit dem originalen Staatssiegel des Landes versehen, das Gott sei Dank auf der Innenseite des Blazers klebte. Da sage noch mal wer, Gerichtsvollzieher wären herzlos! Mit erhobenem Haupt schritt ich nach unten.

Als Hendrik mich sah, kam er mir entgegen. »Morgen, Schatz«, sagte er. Dann drücke er mir ein Küsschen auf die Wange, biss von seinem Marmeladenbrötchen ab und wies kauend zu Isabell, die mit übereinandergeschlagenen Beinen auf der Küchenbank saß. »Darf ich vorstellen, Isabell Ronneberger.«

Ihre Augen wanderten von meinen Schuhen hinauf zum Kopf und zurück, als scannte sie ein Objekt, das zur Eliminierung anstand. Ich schluckte. Isabell war alles andere als ein Paris-Hilton-Verschnitt. Ihre hellblauen Augen wirkten unnatürlich und stachen schon unverschämt grell vom Schwarz ihrer Haare ab, in deren Glanz sich das Tageslicht brach. Rückenlang, mit Pony! Verflucht, sah das gut aus! Ich versuchte, Größe zu wahren, wenngleich sich die Stimme in mir aufbäumte. *Dagegen bist du nur eine dürftige Vorspeise, auf die ein echter Gourmet verzichten wird, wenn sich der kulinarische Hauptgang auf seinem Teller vor ihm nur appetitlich genug rekelt.*

Ein Luder ohnegleichen

Irgendwie begleitete mich ein schlechtes Gefühl auf meinem Weg zur Arbeit. Der Sturm hatte sich verzogen und die Monsterwolken mit sich genommen. Nur Isabell hatte er vergessen! Nicht dass ich etwa eifersüchtig war, aber dennoch murrte ich guttural »doofe Kuh« während der Fahrt vor mich hin. Mokkaböhnchen schnatterte zustimmend mit. Wahrscheinlich spürte sie die Sorgen, die mir an diesem Morgen nachhingen.

Brömme stand auf Deck. Als er mich sah, winkte er mich zu sich. Auch das noch, brummte es durch meinen Kopf, der ohnehin schon völlig überfordert war. Richard, Sarah, diese Drogengeschichte und dann auch noch Miss Kriegerprinzessin auf ihrem Feldzug durch Rügen – das war einfach zu viel. Ich nahm meinen Helm ab, schüttelte mein Haar auf und stapfte die Landungsbrücke hinauf. »Was gibt's denn?«, fragte ich maulig.

»Erst einmal einen wunderschönen guten Morgen«, erwiderte Brömme. »Wie ich sehe, haben Sie Ihre Höflichkeit in Berlin gelassen.«

»Oh, sorry«, stammelte ich verlegen. Brömme konnte ja weiß Gott nichts für all die Katastrophen in meinem Leben. Aber die Nummer mit der Höflichkeit nahm ich persönlich. *Von wegen in Berlin gelassen! Blöder Zyniker!*

»Wie Sie sich gewiss schon denken können, werden Sie heute unserem Koch wieder unterstützend zur Seite stehen …« *Blablabla …*

Ich starrte an Brömme vorbei auf das Meer hinaus. Und

am liebsten wäre ich sofort hineingesprungen ins kühle Nass, wenn mich Brömme nicht vom kurzweiligen Gedanken eines feuchten Todes durch sein Gequatsche aufgehalten hätte. Er redete und redete. Und plötzlich war er still und starrte mich an. »Was denn nun? Sie sagen ja gar nichts.«

In meinem Hirn trieben Fragezeichen umher. Bestimmt hatte Brömme was unheimlich Wichtiges erzählt. Nur hatte ich nicht zugehört. Wozu auch? Brömme laberte doch immer nur unwichtigen Kram. Und ausgerechnet heute schien es was von Bedeutung gewesen zu sein.

Ich nickte einfach, in der Hoffnung das Richtige zu tun.

Durch Brömmes Gesicht zog sich ein Lächeln. Fast brüderlich klopfte er mir auf die Schulter und sagte: »Ich wusste, dass wir auf Sie zählen können. Immerhin haben Sie ja noch ein paar Tage, um sich vom Koch alles erklären zu lassen.«

Ein paar Tage? Wofür? Ich schüttelte seine Hand, die er mir reichte, und tat, als freute ich mich ebenso.

Ortrud erwartete mich schon gespannt in der Umkleidekabine. »Erzähl, wie war's?« Dabei suchte sie instinktiv meinen Blazer nach Katzenhaaren ab.

»Berlin? Super«, log ich. Zum Verrecken wollte ich nicht zugeben, dass Berlin auch ohne mich existierte, mit all seinen Facetten und Kunstbühnen. »Und ich habe meine Schwester mitgebracht, um ihr mal Rügen zu zeigen«, setzte ich einen drauf.

»Du hast eine Schwester?«, wollte Claudia wissen. Sie hüpfte auf einem Bein herum, weil das andere in ihrer Uniformhose steckte. »Wie alt ist die denn?«

»In deinem Alter«, antwortete ich und wandte mich wieder Ortrud zu. »Sag, wie geht es deinem Mann? Konnte dein Anwalt schon was erreichen?«

Sie schüttelte den Kopf. »Ist nicht so einfach«, murmelte sie. Dann sprang sie auf, glättete ihre Jacke und stieß Claudia an. »Mach hin! Du weißt doch, dass wir heute mächtig zu tun haben.«

Diese hatte endlich ihren Fuß durch die Hose gefädelt. »Mensch, ja doch!«, erwiderte sie, während sie ihr Gleichgewicht suchte.

Ich musste plötzlich kichern. Wie eine betrunkene Nachtigall flatterte sie mit den Armen beim Anziehen ihrer Jacke, die meiner Meinung nach viel zu eng war.

»Lieber gepresst als labberig«, argumentierte Claudia und erinnerte mich sofort an Sarah, die auch lieber gequetscht auf der Theaterbühne stand. Hebt den Busen und lenkt vom verschlampten Text ab, hatte Sarah immer behauptet. Der Applaus gab ihr jedes Mal recht. Nur nutzte das am Ende nichts. Ein aufgebauschter Busen lenkt zweifellos das menschliche Hirn vom Wesentlichen ab, aber einen Drogentest vermag er nicht zu manipulieren.

Ich öffnete die Tür vom Spind. Wieso hingen da Kochmützen drin?

»Übrigens, willkommen zurück an Bord«, sagte Claudia, fast beiläufig beim Zubinden ihrer Schuhe.

Ortrud, die ungeduldig mit den Fingern gegen die Tür trommelte, nickte. »Ja. Willkommen daheim.«

Ich hielt inne und wollte diesen Augenblick so lange wie möglich genießen. Aber die Zeit lief weiter, und auch Claudia hatte die Schnürsenkel zu einer Schleife gebunden.

»Wartet mal, ihr zwei.« Ich nahm Ortrud und Claudia in den Arm. »Ich bin so froh, wieder bei euch zu sein.« Und währenddessen überkam mich eine seltsame Empfindung. Eine, die ich noch nicht kannte und gegen die ich mich immer gesträubt hatte. O Gott! Ein Mann, eine Mutter, zwei Schwestern – mit Claudia gerechnet. Hilfe! Ich habe eine Familie!

Als der letzte Trauernde die *Friedhild* verlassen hatte, stürmte ich auf das Deck. Ich brauchte dringend Frischluft, um zu verarbeiten, dass ich der Koch – ich! – für die kommenden drei Monate sein würde. Schiffskoch! Auf einem Bestattungsboot! Mit einer albernen Kochmütze auf meinem Kopf, unter die mit Sicherheit mein langes Haar gepasst hätte, wenn Brömme nicht … Verdammt noch mal! Isabell hatte langes Haar! Und es glänzte wie ein Rosenblatt, von dem der Tau abperlte. Ich blickte an mir herunter. Toll! Ein moppeliges Schauspieltalent, das sein Glück auf einer Seebestattung fand, um es dann widerwillig an Miss Kriegerprinzessin zu verlieren? Nein! Ich stampfte auf. Ich werde das Feld nicht so einfach räumen. Nicht für diese Isabell. Wer war die überhaupt, dass sie plötzlich und ohne Vorwarnung in mein Leben trat und alles durcheinanderbringen konnte? Nur eine dämliche Ex, die vom Erbe ihres ausgedienten Freundes Wind bekommen hatte. Nichts weiter!

Als sich Claudia neben mir räusperte, zuckte ich zusammen. »Menschenskind! Dass du dich immer so anschleichen musst«, fuhr ich sie an.

Sie legte ihren Kopf in Schräglage und musterte mich grinsend.

»Was ist?«, herrschte ich sie an. Mir hing noch immer der Schreck in den Gliedern.

»Du hast doch irgendwas?«, begann sie zu forschen. Dabei kniff sie ihre Augen zusammen. »Ist was mit Hendrik?«, fragte sie weiter, mit dem listigen Blick einer jüngeren Schwester.

»Alles in bester Ordnung«, erklärte ich, aber Claudia wäre nicht Claudia, wenn sie sich damit zufriedengegeben hätte. Sie nervte so lange, bis ich ihr von Isabell erzählte, von Sarahs Drogenproblem und der Tatsache, dass ich Hendrik belogen hatte.

Am Abend saßen Hendrik und ich in der Küche, während Sarah vorm Fernseher hockte und sich auf der Suche nach einem vernünftigen Musiksender durchs Programm zappte. Meine Konkurrentin war kurzzeitig verschwunden, um vor dem Abendessen, das in der Backröhre brutzelte, ein heißes Wannenbad zu nehmen. Zeit, um Hendrik davon zu überzeugen, dass eine Person zu viel im Hause Zapf war.

»Komisch«, grübelte Hendrik. Er schloss die Geldkassette, schob sie beiseite und goss sich einen Kaffee nach.

»Was ist komisch?«, fragte ich.

»Es fehlt ein Zwanziger.« Er trank einen Schluck, stellte die Tasse ab und schüttelte gedankenversunken seinen Kopf. »Wer weiß, vielleicht habe ich mich ja auch nur vertan.«

Ich pflichtete ihm bei, während ich eine Möglichkeit suchte, das Gespräch auf ein sensibles Thema zu lenken: Exfrauen und die schamlose Ausnutzung einer Gastfreundschaft. Gerade als ich den Bogen gefunden hatte, stolzierte Miss Kriegerprinzessin anmutig herein, gefolgt von einer florientalischen Duftwolke. Scheiße, roch das gut!

Hendrik sprang auf. »Die gefüllten Pilzköpfe dauern noch etwas. Magst du derweil einen Kaffee?«, fragte er sie.

In mir brodelte es. Ihren Kaffee kann sich die Miss doch wohl alleine einschenken, dachte ich. Von wegen! Hendrik spielte den Kellner, während es Isabell genoss, ihm auf den Arsch zu starren. *Mein Arsch, verstehste?,* geiferte meine innere Stimme. Und ich überlegte, ihr einfach meinen kalt gewordenen Schluck Bohnenkaffee ins hübsch drapierte Dekolleté zu schütten, sie an ihrem langen Haar zu packen und wie einen räudigen Köder vor die Tür zu jagen. Hach, das wäre besser als alle Yogastunden dieser Welt!

Die Realität holte mich schneller zurück, als mir lieb war. Isabell schwang ihren makellosen Körper neben mich und schmunzelte mich an.

Gott, was wollte die denn jetzt von mir? Ich zog meine Mundwinkel zu einem gequälten Lächeln auseinander. Immerhin saß Hendrik am Tisch und freute sich, dass wir so gut miteinander konnten.

»Du bist Schauspielerin, hat Hendrik erzählt. Was hast du denn schon alles gespielt? Ich meine, du hast doch bestimmt schon mal in einer Serie mitgewirkt oder so.«

Ich schluckte. *Bring sie um!*, forderte die Stimme in mir. *Tu es jetzt!*

»Ach ja, als angehende Schauspielerin darf man in so einige Rollen schlüpfen«, versuchte ich mich aus der Affäre zu ziehen. Mir war klar, dass dieses Luder mich nur kleinmachen wollte, mich vor Hendrik bloßstellen und beweisen, dass ich ein Niemand war.

»Interessant. Und in welche so?«

Ich verspürte den Drang, an meinen Nägeln zu kauen, wie ich es früher immer getan hatte, wenn unser Mathelehrer mich ins Visier nahm. »Einige eben«, erwiderte ich.

»Rapunzel, kommst du mal eben«, rief Sarah aus dem Wohnzimmer und bewahrte mich vor weiteren Erklärungen. Aber in Isabells Augen tat sich schon die nächste Frage auf. Ihre Stirn runzelte sich, und in ihren Pupillen waren deutlich feuerspuckende Teufelchen zu erkennen, die mit ihrem Dreizack auf meinen Spitznamen losgingen. »Deine Schwester nennt dich Rapunzel?«, rief sie argwöhnisch hinterher.

Ich knuffte Sarah. »Plappermaul!«

Drei Tage später …

»Familienleben hatte ich mir anders vorgestellt«, grummelte ich vor mich hin, während ich Hendriks Brote schmierte. Sarah hockte im Wohnzimmer. Ihr Körper wippte im Takt von Lady Gaga. Links neben ihr schlummerte Füchschen. Er war der Sorgenfreieste in diesem Haus. Knuffelbär hingegen hatte alle Pfoten voll zu tun, Isabells Handtasche zu zerpflücken. Eine echte Prada, wohlgemerkt! Er bewies wahrlich Geschmack. Und das Allerschönste – keiner bemerkte es. Ein Schinkenbrot später tippelte die Kriegerprinzessin auf ihren High Heels die Treppe hinunter. Sie hatte doch tatsächlich nur ganze vierundvierzig Minuten gebraucht, um ihr Gesicht aufzupeppen. Ich schielte ins Wohnzimmer, wo Knuffelbär immer noch unter Einsatz seiner ganzen Kräfte mit dem Prada-Feind kämpfte.

Gleich passiert's! Drei, zwei, eins …

Ein Schrei hallte durchs Haus, als Isabell ihre Handtasche erblickte. »Du Mistviech …!«, brüllte sie den halbwüchsigen Kater an. Dann trampelte sie wie ein kleines ungehorsames Kind, dessen Spielzeug man gerade zerbrochen hatte.

Ich schüttelte entsetzt den Kopf. Jedoch mehr über ihr Benehmen als über das neu designte Tragetäschchen, an dem das Nappaleder in Fetzen herunterhing. »Was ist denn los?«, fragte ich und musste mir ein Grinsen verkneifen.

»Diese Katze … dieses kleine Mistvieh hat meine Handtasche kaputtgemacht!«, motzte sie.

Ich wischte meine fettigen Hände ab. »Ach was? Zeig mal her.«

Isabell drückte mir den erbärmlichen Rest ihres Image-Accessoires in die Hände. »Sieh dir das an«, jammerte sie.

Ihre sonst so feindseligen Augen füllten sich mit Tränen. Heulte die etwa? Wegen einer Handtasche? Ich schlug mir demonstrativ an die Brust, um mein Mitgefühl zu untermauern. »Mensch, Isabell, das tut mir echt leid jetzt.«

Mittlerweile hatte Hendrik seinen Tierarztkoffer für den Tag gepackt und im Auto verstaut. Erstaunt blickte er uns an. Auch Sarah hatte sich von der Gaga-Lady abgewandt und starrte auf die Tasche in meinen Händen.

»Ein Unfall«, erklärte ich.

»Von wegen Unfall«, schrie Isabell hysterisch. Dabei zeigte sie auf Knuffelbär, der die Spannung spürte und sie anfauchte. »Die da! Dieses Vieh hat … ich meine diese Katze hat … meine … o je, ausgerechnet die, die mir Mom geschenkt hat«, heulte sie plötzlich los. Hendrik nahm sie tröstend in den Arm.

»Die Katze ist ein Kerl«, brachte sich Sarah ins Gespräch.

»Was?«, schluchzte Isabell, während Hendrik mir einen bösen Blick zuwarf. Hallo? Mir!

»Ein Kater, verstehste?«, brachte Sarah die Kleinigkeit zwischen einem Hodensack und keinem Hodensack auf den Punkt. Dann drehte sie gelangweilt ab, was sie deutlich mit einer übergroßen Kaugummiblase zeigte, um wieder im Gaga-Rhythmus zu versinken.

Ich zuckte unschuldig mit den Schultern, übergab Hendrik das Überbleibsel von Isabells Besitztum und machte mich wieder ans Belegen der Brote, die Hendrik immer auf seine mobiler Praxistour mitnahm.

Wie lange dauert es wohl, ein freies Zimmer inmitten der Hochsaison auf Rügen zu finden? Claudia verzerrte ihre Mundwinkel in die für sie typische Denkposition. »Keine Ahnung.«

»Kommt darauf an, wie hoch die Ansprüche sind, die

man stellt, denke ich«, sagte Ortrud. Sie goss Tee nach und stellte die Porzellankanne auf ihren traditionellen Teewärmer. Eine Erfindung, die meiner Meinung nach dem Tee nicht wirklich guttat, weil es ihn bitterer und durch die Teeablagerungen unansehnlicher machte. Ortrud meinte allerdings, das läge nur an der Qualität des Trinkwassers. Und überhaupt sollte ich mich nicht so haben und die Teeflocken unterrühren. In meinem Magen sähe es auch nicht anders aus.

Ich nippte genüsslich an meiner Tasse. »Wenn ich warten soll, bis diese Isabell eine Unterkunft gefunden hat, die ihren Ansprüchen gerecht wird, dann gute Nacht!«, erwiderte ich trübselig. Es tat gut, mit den beiden reden zu können.

»Und wann fährt Sarah wieder heim?«, fragte Claudia. »Ich finde, sie sollte sich mal beim Boss vorstellen.«

»Ach was«, winkte ich ab. Sarah war nun wirklich alles andere als eine Servicekraft. Erst recht nicht auf einem Bestattungsboot.

»Weshalb eigentlich nicht?« Ortrud warf ein Stück Zucker in ihre Tasse und nickte. »Wo das arme Ding doch sowieso keine Zukunft in Berlin hat.«

Zukunft hin oder her! Und vielleicht hatten die beiden sogar recht, aber zuerst benötigte ich dringend einen Rat, was Isabell anbelangte. »Diese Tussi muss weg! Ich sage euch, solange diese Isabell dort herumhüpft, hängt der Haussegen schief.«

Claudia stützte den Kopf auf die Innenfläche ihrer Hand. »Dann sag Hendrik, er soll sie rauswerfen.«

Ortrud trat Claudia unter dem Tisch vors Schienbein. »Fläz dich nicht so rum und iss deinen Kuchen, anstatt schlaue Ratschläge zu erteilen.«

Claudia nahm Haltung an, stocherte jedoch mit der

Kuchengabel im Quarkkuchen herum. »Du hättest doch den Bienenstich nehmen sollen.«

Ortrud wurde sauer. »Wir sind doch hier nicht auf der Fritz Heckert.« Was so viel hieß, wie: Du bist keine Extrabratwurst, und es wird gegessen, was auf den Tisch kommt.

Ich musste schmunzeln, weil mir unweigerlich die Diktatorin unseres Turmkinderheims in den Sinn kam. Die hatte auch immer solche Sätze auf Lager, mit denen sie uns zu besseren Menschen erziehen wollte. Spare in der Zeit, so hast du in der Not – war einer ihrer Leitsprüche. Ich habe es wörtlich genommen und eine ganze Woche lang meinen Nachtisch aufgespart, um ihn zu einem späteren Zeitpunkt, an dem es mal wieder nur Bananen in braungefärbter Schale gab, hervorzukramen und zu verspeisen. Was hat die Heimleitung mich angebrüllt, als sich sechs Wochen später Fliegenmaden in Massen unter meiner Matratze tummelten. Als wenn ich was dafür konnte, dass irgendwie das Gesundheitsamt dahinterkam und das Heim für zwei Wochen schloss. Ein Gratis-Urlaub für die Kinder des Heimes war dann auch noch drin, in einem ehemaligen FDGB-Ferienlager, außerhalb der Saison. Aber ich war angezählt, stand auf der schwarzen Liste der besonders schwierigen Kinder. Ortrud war eben auch geprägt vom Osten, trotz ihrer ostfriesischen Vermählung nach der Wende. Ihre Wurzeln waren unverkennbar.

Als ich drei Stunden später auf Mokkaböhnchen ins feindlich belagerte Heim knatterte, hörte Sarah mich schon von weitem. Klar, es war nach zehn Uhr, eine Zeit, zu der die Rüganer am liebsten die Wellen hochklappen und die Touristen von der Insel scheuchen würden. Ein ordentlicher Rüganer saß um diese Uhrzeit in seinem Ohrensessel, mit einem Schmöker in der Hand. Aber ich hatte mindestens zwei gut durchdachte Ideen im Gepäck, wie ich Isabell aus dem Hause bekommen konnte.

Sarah stand vor dem Haus und rauchte. Als sie mich sah, schnippte sie die Zigarette weg und kam mir entgegen. »Echt mal«, schimpfte sie. »Diese Schnepfe hat sie doch nicht mehr alle.«

Schnepfe? Sie konnte nur Miss Kriegerprinzessin meinen. »Was ist denn passiert?«, fragte ich.

Sarah drückte mir ein Küsschen auf die Wange und winkte theatralisch ab. »Behauptet die doch, aus ihrer Fetzenhandtasche würde ein Hunderter fehlen.«

»Was? Einhundert Euro?«, wiederholte ich skeptisch. Ich konnte mir nicht vorstellen, warum Isabell so was behaupten sollte, wenn es nicht stimmte. Zumal es keinen Sinn hatte, da es ihr doch gewiss nur darum ging, Hendrik zurückzuerobern. »Vielleicht hat sie sich nur verzählt«, mutmaßte ich und schlenderte mit Sarah hinein. Aber drinnen wartete schon Hendrik auf meine Heimkehr, um mir ebenfalls von erneut fehlenden Geldscheinen zu berichten. Dann musterte er mich, gefolgt von der Frage, wo ich denn bis jetzt gewesen sei.

Der denkt doch nicht etwa …? Doch! Dachte er! Isabell hatte Hendrik, die Liebe meines Lebens, auf ihre intrigante Seite gezogen. Und das Allerschlimmste – er glaubte ihr. Wie hatte sie das nur geschafft? Am Ende des Tages meinte Hendrik die Wahrheit zu kennen – Isabells Wahrheit. Und er sah mich mit einem Blick an, in dem sich die Enttäuschung einer großen Liebe widerspiegelte.

Unter Verdacht

Wie konnte er das denken? Von mir! Ich hatte doch noch niemals in meinem ganzen Leben etwas gestohlen oder ungefragt entnommen. Okay, vielleicht ein einziges Mal im Kinderheim, als meine damalige Zimmergenossin und Erzfeindin Monika von den Leuten, die sie adoptieren wollten, ein sprechendes Schaf bekommen hatte. Ausgerechnet ein Schaf! Und es machte mäh und sagte Guten Tag in vier Sprachen! (Zur Erklärung: Ich bin absoluter Schaf-Fan. Schafe ziehen mich magisch an, mit einer Kraft, der ich als Kind nicht widerstehen konnte.) Ich war also nach dem psychologischen Grundgesetz Opfer eines Schafzwanges. Und seit Berlin und Richards Buch über Ängste und Zwänge wusste ich auch, dass ich damals, nach der Schafsentführung, die ja eigentlich keine richtige war, an einer ausgeprägten Mastigophobie litt – der Angst vor Bestrafung. Und die fiel nicht gerade gering aus. Zimmerarrest und Fernsehverbot waren nichts gegen den Zwangsentzug des Schafes, das ja – *ich erwähnte es schon* – in vier verschiedenen Sprachen Guten Tag mähte. Und ich hatte ihm sogar schon einen Namen gegeben.

Knuffelbär riss mich mit einem unsanften Pfotenschlag aus den traurigen Erinnerungen. Aber die Realität war auch nicht weniger trüb. Ich legte die letzten Kleidungsstücke in die Reisetasche und fuhr mit meiner Hand darüber. So, fertig und startklar! Sarah hockte vorm Bett. Sie kraulte Füchschen, der mich mit seinen Knopfaugen fragend ansah. »Und wie sollen wir ihn transportieren?«

»Gute Frage, nächste Frage.« Ich hatte nicht die geringste Ahnung. »Also auf Mokkaböhnchen passen bestimmt keine zwei Personen mit Reisetaschen, Rucksäcken und zwei Tieren«, mutmaßte ich.

Sarah zuckte mit den Schultern. »Tja, und wie kommen wir in dieses Nest Muglitz?«

Ich dachte an Ortruds Smart, der wenigstens noch etwas mehr Platz bot als meine Vespa. Vielleicht könnte sie ...? Ich griff zum Handy und rief sie an. Und tatsächlich! Ortrud zeigte Verständnis für meine Situation. Obwohl ich ihr Füchschen erst mal verschwieg und nur was vom Kater Knuffelbär murmelte. Kein Problem, versicherte sie und setzte sich in ihren quietschgelben Öko-Smart.

Hendrik stand in der Küche, ohne auch nur ein Wort zu sagen, als Ortrud kam. Mit verschränkten Armen lehnte er kopfschüttelnd am Kühlschrank. Isabell saß im Wohnzimmer mit einem Promi-Klatsch-Magazin. Sie tat, als lese sie interessiert einen Artikel. In Wirklichkeit genoss sie ihren Sieg in vollen Zügen. Wahrscheinlich hatte sie längst den Sekt kalt gestellt, den sie nach unserem Auszug unter einem falschen Vorwand öffnen würde. Ich warf ihr einen letzten feindlichen Blick zu, bevor ich die Hausschlüssel auf die Telefonkommode im Flur legte und die Tür hinter mir ins Schloss zog.

Nachdem sich Ortrud mit der Tatsache Fuchs-im-Haus abgefunden hatte, brühte sie ihre ostfriesische Teemischung auf. Es gibt eben Momente, die schreien nach Suppe! Ortrud ersetzte die Suppe durch Tee und warf Zucker hinein, bevor sie Milch hinzutat. Sarah rieb sich ihre kalt gewordenen Hände. Sie hatte sich ihre Finger bei der frühmorgendlichen Vespa-Fahrt unterkühlt, als sie sich an mir festklammerte, während Knuffelbär und Füchschen gut gewärmt unterwegs waren. »Super, ein heißer Tee«, freute sich Sarah.

Ich freute mich auch. Aber nicht auf den Tee, sondern auf die harmonische Frühstücksrunde im Kreise meiner Wahlfamilie.

Claudia grinste mich an. »Cool, dass ihr jetzt hier wohnt.«

Ich grinste zurück, obwohl mir noch immer zum Heulen war. »Und es macht euch echt nichts aus?«

»Der verfressene Dreibeiner oder Sarah?«, fragte Claudia.

Ortrud stieß sie an. »Was du immer redest!« Dann lächelte sie. »Ist doch Ehrensache, wo ihr jetzt dringend Hilfe braucht.«

Ich lehnte mich entspannt zurück. Wie wichtig doch eine Familie war, gerade wenn man an unermesslichem Herzschmerz litt. Ich ließ meinen Blick durchs vertraute Umfeld schweifen, schmunzelte über die Verrenkungen von Knuffelbär, der den aufgehenden Rührkuchen im Backofen entdeckt hatte und verzweifelt nach einem Weg hinein suchte. Und auch über Miez-Miez, die Katzendame des Hauses, die laut fauchend und mit aufgestelltem Haar den unerwünschten Herrenbesuch vom Herd vertreiben wollte. Füchschen hingegen hielt seine Neugier charmant zurück. Er lag zusammengerollt unterm Tisch und blinzelte nur hin und wieder zu den zankenden Stubentigern.

Ortrud schob den Brötchenkorb zu Sarah und mir. »Nun greift mal ordentlich zu.« Dann zeigte sie zum Backofen. »Und später, nach Feierabend gibt's dann einen hausgemachten Rührkuchen. Und glaubt mir, der ist viel saftiger als der trockene Mist aus dem Supermarkt.«

Ortrud hatte die Idee, Sarah aufs Schiff mitzunehmen und Brömme von einem Tag Probearbeiten zu überzeugen. Das Mädel braucht eine Aufgabe, hatte sie gemurmelt und

Sarah in einen ihrer veralteten Hosenanzüge gesteckt. Dann hatte sie Sarahs Haar gebürstet und zu einem Entenschwänzchen zusammengedreht. Im Nu war aus Sarah eine völlig andere Person geworden. Und wenn sie nicht so ein finsteres Gesicht gezogen hätte, wäre sie glatt als angehende Juristin durchgegangen, so seriös sah sie aus.

»Ich habe aber keinen Bock darauf«, argumentierte Sarah gegen Ortruds Vorhaben.

Aber die winkte nur ab, henkelte Sarah ein und schleppte sie hinauf an Bord.

Claudia stieg von Mokkaböhnchen ab und blickte an sich herab. »Toll! Schau dir meine Hose an«, meckerte sie. »Alles voller Spritzer.«

Ich nahm den Helm ab und betrachtete das Spritzmuster. »Ja und? Ich habe dasselbe.« Der einzige Unterschied lag darin, dass ich bespritzte Hosenbeine gewöhnt war, während Claudia lieber spritzwassergeschützt fuhr. Ein Smart hat aber nun mal nur zwei Sitze, und das Los war diesmal auf Sarah gefallen, zumal sie sich dem Brömmschen Adlerblick unterwerfen musste.

Claudia spuckte ins Taschentuch und begann an ihrer Hose zu rubbeln. Ich überlegte ihr zu sagen, dass das nichts brachte, ließ es dann aber. Wie sie da so vor sich hin schimpfend die Spritzflecke breitschmierte, erinnerte sie mich an Richard, der dem Feind Fleck auch immer mit Spucke begegnete. Und jedes Mal ohne Erfolg.

Ich nahm meinen Rucksack ab und kramte nach dem Handy. Vielleicht hatte sich Richard ja gemeldet, sich dem Gentest unterzogen und mir das Ergebnis gesimst. Aber es gab keine neuen Nachrichten. Nicht von Richard, nicht von Hendrik und auch nicht von Elke, die sich eventuell für ihr Miethai-Benehmen entschuldigen wollte. Besorgt und traurig lief ich die Landungsbrücke hinauf. Ausgerechnet heute musste eine kulinarische Köstlichkeit aufwendig vorbereitet werden, die den Trauergästen die schwere Last des Leidens versüßen sollte. Der Tod war grausam, und die Speisewünsche der Hinterbliebenen waren barbarisch. Aber was nutzte es, darum zu hadern? Die Menschen waren das, was das Leben aus ihnen gemacht hatte – die einen hart im Nehmen, die anderen weichherzig, und einige waren verletzbar so wie Richard und ich.

Putbus war eine gute Ablenkung nach der Arbeit. Ortrud war mit Claudia schon heimgefahren, während Sarah und ich noch einige Dinge vom Markt besorgen sollten. Wir schlenderten an den Ständen der Marktleute vorbei.

»Guck mal, deine Brille«, sagte Sarah.

»Schön«, erwiderte ich beiläufig und blickte vom Melonenstand hinüber zum Brillen-Verkaufstisch, hinter dem ein bärtiger Taliban mit spitzfindigem Blick auf kaufbereite Opfer lauerte. Jedenfalls glaubte ich, dass es einer war. Als er mein Interesse wahrnahm, trat er auf mich zu. »Du kaufen eine Brille«, forderte er mich auf und suchte mir auch gleich ein passendes Modell heraus. »Die hier, gut für deine Gesicht und gut für Augen bei Sonne.«

Gut bei Sonne? Wohl eher gut fürs talibanische Portemonnaie! Ich starrte an ihm vorbei, zum Ständer mit meiner Gucci-Brille, auf der immer noch der Kuckuck klebte. Wahrscheinlich dachte der diebische Taliban, dass es sich dabei um eine Marke handelte. Ob ich nach Sonnenbrillen der Marke Kuckuck fragen sollte? Aber Sarah stieß mich an und flüsterte was von weitergehen.

»Nix da«, herrschte ich zurück. Mich erst aufs Kriegsfeld bugsieren und dann kneifen wollen. Ich stürmte hinter den Verkaufstisch, griff nach meiner Brille und hielt sie dem Taliban entgegen. »Woher haben Sie die?«

Er rückte seinen Turban gerade. »Gute Brille, nur zwanzig Euro für wunderschöne Frau.«

Und das für ein Modell der Marke Kuckuck? Okay, er wollte also die harte Tour!

»Nix zwanzig!«, sagte ich mit Nachdruck. »Diese Brille ist mein Eigentum und wurde mir gestohlen.«

Er schüttelte entsetzt den Kopf. »Nix gestohlen! Ich verkaufen dir diese Brille für fünfzehn.«

Meine eigene Sonnenbrille zurückkaufen? Niemals!

Sarah wurde nervös. »Mensch, lass doch«, flüsterte sie mir zu. Aber wer mich kannte, wusste, dass ich um mein Eigentum kämpfe. Erst recht wenn es sich um jenes handelte, auf das schon Vater Staat ein Auge geworfen hatte.

»Vergiss es!«, zischte ich über den Verkaufsstand. »Diese Brille ist meine Brille, und ich zahle …«

»Hier, die fünfzehn Euro«, unterbrach mich Sarah und drückte dem Taliban das Geld in die Hand.

Er nickte ihr zu. Dann riss er eine Hemdchentüte ab – die, die man in Obst- und Gemüseabteilungen findet – und warf meine Gucci-Brille hinein, als sei sie ein Pfund Trauben. Ich griff nach der Tüte, während die Stimme in meinem Kopf nach Gerechtigkeit schrie. Fordere das Geld zurück! Zeig ihn an! Ruf die Polizei! Aber Sarah stieß mich erneut an und tuschelte. »Komm, lass gut sein. Wer weiß, ob das nicht einer von diesen Selbstmordattentätern ist und der 'ne Bombe irgendwo hat.«

Wo sie recht hatte, hatte sie recht! In der Tat schienen mir ihre Ängste durchaus nachvollziehbar. Ob es dafür einen medizinischen Namen gab? Talibanphobie oder so? Ich sah in seine dunklen Augen, die von Falten umringt waren. Jede Einzelne hatte gewiss eine düstere Geschichte zu erzählen. Und bestimmt hatte er auch mindestens sieben Kinder und eine vermummte Frau, die den lieben langen Tag über den Boden kroch, um die Stifte der Übungshandgranaten aufzusammeln. Kinder werfen ja alles herum!

Ich zuckte zusammen, als hinter mir ein Luftballon zerplatzte. *Kinder sind auch noch rücksichtslos!* Das kleine Mädchen mit den blonden Locken fing an zu weinen. Ihr Opa, ein durchaus attraktiver Senior mit einer Kamera um den Hals, beugte sich tröstend zu ihr herab. Er holte ein Plüschschaf aus einem seiner Beutel und drückte es ihr mit den Worten »Hör up zu flenne und tu ma dat Mäh ei« an die Brust. *Ein Schaf!* Und sie beschmierte es mit ihren Schokofingern! Ich henkelte Sarah ein und beschloss, keinen unnötigen Krieg heraufzubeschwören. Weder wegen des armen Schafes noch wegen meiner Gucci-Brille. Gemeinsam schlenderten wir durch die Rosenstadt, deren Häuser von weißen Fassaden ummantelt waren. Eine Stadt, wie sie schöner nicht sein konnte.

Ortrud blickte auf unsere Einkäufe. »Ich sagte Radieschen.«

»Rettich ist dasselbe, nur größer und billiger«, erwiderte Sarah.

Erzürnt sah Ortrud zu mir. »Denkst du das auch?«

Ich zuckte mit den Schultern. Was wusste ich denn schon? Immerhin war am Rettich mehr dran, und er ließ sich wesentlich besser in Scheiben schneiden.

Claudia hielt zu Ortrud. »Radieschen sind doch kein Rettich!«

»Stimmt!«, gab Sarah zu. »Sie heißen anders, aber schmecken genauso.«

Die Lage spitzte sich zu, als Ortrud mit einem dicken Buch über Gemüse- und Obstsorten auftauchte. Das hatte sie zwischen ihren Susanne-Fröhlich-Romanen versteckt, weil es dort ganz bestimmt keiner klauen würde. Immerhin war es ein Erbstück von der Großmutter ihrer Großmutter. Ich glaubte das sofort. Die Buchseiten waren vergilbt und brachen wie Zuckerpapier, wenn man sie zu schnell umblätterte. Dieses Buch war Kult, und Ortrud nahm es nur in den seltensten Fällen zur Hand.

Sie legte es auf den Tisch und schlug es auf. Dann tippte sie mit dem Zeigefinger auf eine veraltete Zeichnung eines kegelförmigen Rettichs. »Da steht, dass Rettich Mundgeruch verursachen kann.«

Sarah las ebenfalls interessiert. »Aber dafür deckt ein einziger Rettich den Tagesbedarf eines Erwachsenen an Vitamin C.«

»Iss einen Apfel, der tut das auch«, bemerkte Ortrud spitz.

»Aber der hat keine Bitterstoffe, die eine antibiotische Wirkung haben, gallentreibend sind und den Schleim in den Atemwegen lösen«, erwiderte Sarah und stieß mich an. »Nun sag doch auch mal was! Du arbeitest doch in der Schiffsküche, du musst das doch wissen.«

Musste ich das? Ich hatte aber keine Lust, was zu sagen. Schon gar nicht, wenn es um irgendwelche Speicherknollen ging, die ich persönlich nur mit Salz auf Brot aß. »Ist mir egal«, versuchte ich meine neutrale Position zu stärken.

Aber Ortrud gab nicht auf und blätterte weiter. »Da«, rief sie und klopfte demonstrativ mit dem Zeigefinger auf die Information eines Koches, der zweifelsohne der Opa von Charly Chaplin war. »Radieschen passen zu Schweinefleisch, und Rettich paßt zu Rind.«

Aha! Die Kreuzblütengewächse sind also auf unterschiedliche Fleischsorten aufgeteilt. Na und?, dachte ich bei mir.

Claudia hing sich erneut ins Gespräch. »Der Rettichgeschmack ist einfach stärker ausgeprägt, wohingegen das

Radieschen durch Form und Farbe punktet und besser zum Schweinebraten passt.«

Sarah schüttelte den Kopf. »So ein Blödsinn! Als wenn man Rettich nicht auch zum Schwein essen könnte.« Eingeschnappt polterte sie die Treppe hinauf, gefolgt von Knuffelbär, dem es offenbar zu laut herging. Gerade als mich Ortrud vom Soßenrezept des vergilbten Chaplin-Kochs überzeugen wollte, klingelte das Telefon. Ich packte derweil den Rest des Einkaufs aus. Und als ich die Tüte mit der beim Taliban ausgelösten Sonnenbrille zur Hand nahm, schoss mir eine Frage durch den Kopf: Woher hatte Sarah eigentlich das Geld?

Der Rührkuchen stand inmitten des gedeckten Abendbrottisches. Und eigentlich hätte sich jede von uns darauf gestürzt, so lecker und saftig wie er aussah. Aber die Nachricht von Harrys Tod, die Ortrud innerhalb weniger Sekunden zur Witwe machte, verdarb uns den Appetit. Keiner sprach oder diskutierte über Radieschen und Co. Stille legte sich wie ein Sargdeckel über uns und ließ den Rettich-Soßen-Streit verblassen. Ich senkte meinen Blick. Diese Nachricht hatte auch in mir etwas wachgerüttelt, so dass ich das Bedürfnis verspürte, Richards Stimme zu hören. Das Leben konnte so kurz sein, mit einem Schlag vorbei und ausgelöscht. Ich schenkte Ortrud Tee nach. Dabei rieb ich bedauernd über ihren Rücken. Sie nickte mir zu und schnäuzte sich. Ich versuchte wieder etwas Leben an den Tisch zu bringen. Schließlich sollte Ortrud nicht in eine dauerhafte Depression verfallen. Immerhin lebte sie, auch wenn jetzt schmerzhafte Zeiten der Trauerbewältigung vor ihr lagen. Ich erzählte, wie ich in Berlin Roger Whittaker auflegte, den Tisch dazu passend deckte, und das alles nur, um mich gebührend für ein halbes Jahr zu verabschieden. Und ich erzählte, dass ich überzeugt bin, dass es nur auf das *Wie* ankommt, wenn es um schlechte Nachrichten ginge. Ich erzählte und erzählte … Und irgendwann griff sich Ortrud ein Stück Kuchen. Gott sei Dank! Sie hat den ersten Schock überwunden, dachte ich. Von wegen! Sie blickte mich an und sagte, ich sollte entweder den Mund halten oder sie würde ihn mir mit Rührkuchen stopfen. Dabei hielt sie den Kuchen kriegerisch in ihrer rechten Hand, bereit, ihn ins gegnerische Mundwerk zu drücken.

Die meint es ernst, warnte mich meine innere Stimme. Ich zog es vor zu schweigen, obwohl ich mittlerweile echt Hunger hatte. Und so ein leckeres Stück Kuchen … Das erneute Klingeln des Telefons durchbrach die Stille. Ich sprang auf. Vielleicht hatten die Ärzte sich ja getäuscht! Vielleicht lebte Harry noch! So etwas hörte man doch immer wieder. Und medizinische Geräte konnten sich doch auch mal irren. Aber es war Ottfried von Pfaffenhof, der Kapitän der *Friedhild*, der uns mitteilen wollte, dass Brömme mit Sarahs Probearbeit durchaus zufrieden war und sie den Job bis auf weiteres hatte. *Rührkuchen ade!*

Ich hatte mich hinuntergeschlichen. Nur Füchschen bemerkte es und tanzte freudig vor meinen Beinen herum. Der Kuchen stand fast unberührt auf dem Tisch. Lediglich eine Kuchenglocke hatte Ortrud darübergestülpt. Sie kannte eben die Vorlieben unserer Katzen. Nichts war wirklich sicher vor ihnen. Ich öffnete den Kühlschrank und füllte mir Milch ins Glas. »Magst du auch?«, fragte ich Füchschen, der mich erwartungsvoll anblickte.

»Ich nehme eins«, hörte ich hinter mir Sarah flüstern, die gerade ins Haus geschlichen kam.

Ich blickte zur Uhr. Viertel vor eins? Wo um alles in der Welt kam Sarah jetzt her? Ich nahm ein Glas aus dem gut geordneten Küchenschrank, goss Milch ein und stellte es auf den Tisch. Sarah setzte sich.

»Wo warst du?«, fragte ich.

»Luft schnappen«, sagte sie und trank das Glas in einem Zug leer.

»Um diese Uhrzeit?« Ich konnte mir nicht vorstellen, dass die Luft, die man auf dem kleinen Holzbalkon einatmen konnte, eine andere war.

»Wieso gehst du dazu nicht auf den Balkon? Ich meine, da draußen kann ja sonst was lauern um diese Zeit.«

Sarah ignorierte die Frage und schob mir ihr Glas zu. »Gibst du mir noch was? Ich verdurste.«

Ich goss erneut ein und setzte mich ebenfalls. Sarah leerte auch das zweite Glas. Dann rieb sie mit ihrem Arm über den Milchrand, der sich witzigerweise um ihren Mund gebildet hatte. Sie hob die Kuchenglocke. »Magst du auch?«

»Ob ich mag? Ich sterbe vor Hunger!«, erwiderte ich.

Sarah holte ein Messer und zwei Teller. »Bevor er vertrocknet«, pflichtete ich nochmals bei, um mein schlechtes Gewissen zu beruhigen. Ein vertrockneter Rührkuchen würde Harry auch nicht wieder lebendig machen. Und überhaupt hätte keiner was davon.

Sarah ließ es sich schmecken. Ihre Augen funkelten im dämmerigen Licht der Küchenlampe. Ich zügelte mich etwas. Immerhin hatte ich seit meiner Ankunft einiges an Kilos zugelegt. Und auch die Trennung von Hendrik und all die anderen schlimmen Dinge waren meiner Figur nicht zuträglich. Ich futterte alles, wenn ich das Wort Sorgen nur hörte. Meist Chips oder Süßkram. Auch auf der *Friedhild* waren fast täglich die schmackhaftesten Desserts zu probieren und die feinsten Hauptgänge abzukosten. Ein Berufsrisiko, das sich enorm auf die Hüften legte, wenn man nicht aufpasste.

»Wo warst du denn?«, hinterfragte ich erneut.

»Nur die Füße vertreten.«

»Aha. Mitten in der Nacht in Muglitz?«

»Ich konnte halt nicht schlafen, wegen des Jobs und so.

Und deshalb musste ich raus, den Kopf frei kriegen.« Dabei zog sie die Nase hoch, als hätte sie sich erkältet.

Ich reichte ihr ein Taschentuch aus der Tempo-Box, die Ortrud auf dem Tisch vergessen hatte.

Sarah griff danach und schnäuzte sich. »Weißt du«, begann sie. »Ich finde das so klasse, dass du mich mitgenommen hast. Du hättest mich ja auch in Berlin verrotten lassen können. Aber nein, du kommst in diese Klinik und gibst dich als meine Schwester aus. Das war echt Weltklasse, weißt du das?«

»Danke«, murmelte ich verlegen zurück.

»Und dieser Job auf dem Schiff … Ich glaube, er wird mir irgendwann gefallen. Und die Kohle ist ja auch nicht übel, die man dabei verdient.«

Ich war froh zu hören, dass ich ein gutes Werk getan und einem Menschen zu neuem Lebensmut verholfen hatte. Und darauf musste ich auch gleich noch ein Stück Kuchen essen.

Eine Woche darauf …

Pferdefranz war so begeistert von der Arbeit des Perückenmachers, dass diese Begeisterung in seiner Stimme mitschwang. »Ein so prächtiges Haarteil habe ich noch nie gesehen«, schwärmte er. Dabei wiegte er die außergewöhnlich lange Haartracht in seinen Armen, als sei sie ein Königskind. Ich blickte auf den Preis. Was? Knapp zweitausend Euro? Für meine eigenen Haare? Das war ja noch unverschämter als die Auslösesumme beim talibanischen Sonnenbrillenverkäufer. Ich schüttelte entsetzt den Kopf. »So viel kann ich nicht zahlen.«

»Aber Sie haben den Auftrag doch erteilt.« Er lief hinter seinen Tresen und rieb mir den Auftrag nebst meiner Unterschrift unter die Nase.

Ich schluckte. »Kann ich das irgendwie abstottern?«

Pferdefranz war kein Unmensch. Er sah die Verzweiflung, die sich in meinem Gesicht widerspiegelte.

»Meinetwegen!«, lenkte er ein. »Aber bis zur letzten Rate bleibt die Perücke in meinem Besitz.«

Echthaarperücken ergrauen doch nicht? Oder etwa doch? Denn bis ich sie abgezahlt hätte, würde sie wahrscheinlich längst ergraut sein, vielleicht sogar kalkweiß wie das Haar der Knödelmayer. Ich willigte ein, zumal ich im Moment mit einem Rapunzelzopf sowieso nichts anfangen konnte. Oder vielleicht als Rettungszopf für über Bord gefallene Trauergäste? Eher nicht! Überhaupt hatte ich keine Verwendung dafür, wenn ich nicht zur Schauspielschule zurückkehren würde. Und für die Faschingszeit erschien mir ihr Preis zu hoch.

Ich schlenderte den kleinen Weg zurück zum Dorf. Der Schuldenberg türmte sich allmählich zu einem kleinen Mount Everest, was mich seelisch erdrückte. Erst dieser Stadtaffe mit seinem Pfannenschaden am Hirn und jetzt auch noch ein Haarteil, was im Grunde mein eigenes war, das mir den finanziellen Todesstoß versetzte. Damit waren meine Schulden gerade dermaßen angestiegen, dass ich überlegte, ob ich nicht doch wieder nach Berlin zurückgehen sollte. Jetzt, wo meine große Liebe geplatzt war – gescheitert an den Intrigen einer biestigen Ex-Diva.

Als ich daheim ankam, saß Claudia mit Ortrud am Küchentisch. Sie diskutierten über irgendwas. Ich glaubte den Namen Sarah gehört zu haben, konnte sie aber nirgends im Haus entdecken.

»Ist Sarah nicht da?«, fragte ich in die Küche blickend.

Ortrud, die sich zwischenzeitlich mit ihrer Witwenschaft auf eigenartige Weise abgefunden hatte, rollte Geldscheine zusammen und legte sie auf den gedeckten Tisch. Claudia stellte den Tee dazu. Dann blickten mich beide an.

»Huhu, hört mich wer?«, versuchte ich, auf mich aufmerksam zu machen. »Oder ist das hier so eine Art Überraschungsrunde?«

»Überraschen wird es dich gewiss«, sagte Claudia und drückte den Knopf des alten CD-Players, der auf dem Fensterbrett hinter der Küchenbank stand. Mutter, der Mann mit dem Koks ist da … dröhnte es aus dem in die Jahre gekommenen Plastikkasten.

Ortrud klopfte neben sich aufs Sitzpolster. »Komm, setz dich. Wir müssen dir was mitteilen.«

»Du selbst hast doch immer gesagt, dass schlimme Nachrichten ein gewisses Händchen und die nötigen Vorbereitungen erfordern«, erklärte Claudia.

Das stimmte allerdings! Das hatte ich gesagt! Aber was wollten die beiden bitteschön mit diesem Falco-Song zum Ausdruck bringen? Ich blickte mich etwas unsicher auf dem Tisch um, der seltsam geschmückt war. Gerollte Geldscheine, eine Kerze mit Pinocchio, dessen Nase sich um den gesamten Wachsstumpen rankte. Und irgendwer hatte Mehl ausgeschüttet und zu länglichen Linie gezogen. *Hä? Backe-backe-Kuchen oder was?* Ich hatte nicht die geringste Idee, auf was die beiden hinauswollten. Vielmehr sorgte ich mich um Ortruds merkwürdiges Verhalten seit der Todesnachricht. Gewiss verdrängte sie einfach stur die Tatsache, dass Harry tot war, und wollte auch nicht darüber reden. Selbst als der Anwalt vorbeikam, um sein Beileid auszusprechen und ihr nebenbei zu versichern, dass er, wenn Harry keinen Hirnschlag bekommen hätte, den Prozess um die lebenserhaltenden Maßnahmen mit großer Sicherheit gewonnen hätte, starrte sie ihn nur wortlos an. Wahrscheinlich überlegte sie, ob sie den Anwalt erschlagen oder vergiften sollte. Entschied sich dann aber für die Ignoranz und wandte sich vom Paragraphen-Verdreher ab.

»Na, was denn nun?«, drängelte Claudia. »Ahnst du schon, was Sache ist?«

Hm ... Mutter der Mann mit dem Koks ist da? Ich summte Falcos Song mit, der vor Jahren der reinste Ohrwurm war. Ich hab kein Geld, und du hast kein Geld. Wer hat den Mann mit dem Koks bestellt? Sosehr ich mich auch bemühte, ich kam nicht drauf. Aber wenigstens raten konnte ich ja mal. »Hat wer Kohlen bestellt und vergessen, dass wir eigentlich mit Öl heizen?«

Ortrud und Claudia starrten mich an, als sei ich geisteskrank.

»Was denn? Dann rückt doch endlich mal mit der Sprache raus.«

Claudia strich eine Haarsträhne ihrer perfekt sitzenden Kurzfrisur hinters Ohr. »Sarah kokst.«

»Was?« Das konnte ich nicht glauben. Wollte ich auch gar nicht, nachdem sie mir hoch und heilig versprochen hatte, damit aufzuhören. »Ihr irrt euch! Das tut sie nicht!«

»Tut sie doch!«, sagte Claudia und schob mir die Telefonnummer von Pferdefranz zu.

Ich blickte auf die Visitenkarte. »Und was soll das Beweisen? Sie war beim Friseur, ja und? Brömme schickt doch jeden dahin.«

»Und dort hat sie auf dem Klo gekokst«, sagte Claudia. »Und Pferdefranz, dessen Sohn übrigens bei der Drogenfahndung ist, hat die Koksreste an ihrer Nase gesehen und das Geld, mit dem sie bezahlt hat, von seinem Sohn testen lassen.«

Es gibt Tests, die Koks auf Geldscheinen nachweisen? Wow! Ich sackte in mich zusammen. Zum einen schämte ich mich, dass ich Sarah ins Haus gebracht hatte, und damit unnötigen Ärger. Zum anderen fühlte ich mich miserabel, weil ich so blind war und nichts gemerkt hatte. Und das Allerschlimmste war, dass Franz Pferdinger die Bombe zum Platzen gebracht hatte, der bekannteste Inselfriseur zwischen Putbus und Lauterbach. Nicht nur dass er jetzt dachte, alle Berliner wären verkokste Schuldner, mit Sicherheit würde er es auch anderen Bob-Frisuren-Kandidaten erzählen, während er ihre Haare schnitt. Immerhin wussten es Ortrud und Claudia. Das klang verdammt nach Buschtrommel!

Die Haustür fiel ins Schloss. Kurz darauf hörte ich Sarah die Treppe hinaufkommen. Ich sah zur Uhr. Dreiundzwanzig Uhr. Sie trug ihre Strickjacke um die Hüften gewickelt. Als sie sah, dass ich noch wach war, setzte sie sich zu mir aufs Bett. Sie beugte sich über mich. »Was liest du da?«, fragte sie.

Am liebsten hätte ich ihr eine geknallt und sie angeschrien. Oder wenigstens mit: »Einmal Kokser, immer Kokser!« geantwortet. Aber ich blieb stumm und schlug das Buch zu.

»Aha! Ein Riesenherz im Friesennerz«, las Sarah laut den Titel meiner Bettlektüre. Ich nickte, obwohl ich sie viel lieber mit meinem Riesenherz erschlagen und in einen Friesennerz gerollt im Meer versenkt hätte. Aber das wollte ich der Buchautorin nicht antun. Gewiss hatte sie diesen wundervollen Roman nicht als Anreiz für einen Inselmord geschrieben. Ich musterte Sarah. »Lass mich raten, du warst bestimmt wieder die Beine vertreten.«

Sarah spürte den Unterton. »Welche Laus ist dir denn über die Leber gelaufen?«

»Eine verkokste und verlogene«, sagte ich, schlüpfte in

meine Plüschpantoffeln und ging hinunter in die Küche. Sarah folgte mir. »Rapunzel, bitte …«

»Was?«, herrschte ich sie an. »Willst du mir jetzt etwa erzählen, du wolltest es nicht und bist durch die falschen Freunde hineingeschlittert?«

Sarah seufzte auf. »Ganz bestimmt nicht. Ihr seid …« Sie schlug die Hände vors Gesicht und brach in Tränen aus. »… die besten Freunde, die man haben kann«, heulte sie.

»Ach was! Und weshalb kokst du dann weiter, obwohl du versprochen hast, damit aufzuhören? Und woher hast du überhaupt das Geld dazu?«, setzte ich nach, obwohl mein Herz bei ihrem Anblick krampfte. Am liebsten hätte ich sie in den Arm genommen und fest an mich gedrückt.

»Ich … ich …«

»Was?«

»Es tut mir so leid! Ich mach's nie wieder.«

Ich umarmte sie. »Mensch, Süße, ich meine es doch nur gut mit dir. Und Ortrud und Claudia auch, verstehste?«

»Das weiß ich doch«, schluchzte sie. »Aber ich kann einfach nicht aufhören.«

»Blödsinn!«, sagte ich. »Das kannst du! Du musst es nur wollen.«

»Ist nicht so einfach, wie du vielleicht denkst«, brachte sich Claudia ein, die plötzlich in der Küchentür stand. »Ich meine, dass es so ein Psycho-Ding ist, eine Kopfsache, die medikamentös unterstützt werden muss.«

Ich starrte Claudia an. »Dann hätte sie doch in die Psychiatrie gehen sollen?«

»Nicht unbedingt. Die Klapse ist nicht immer die bessere Lösung. Ich weiß das, weil mein Freund früher auch gekokst hat. Und irgendwann kam Beschaffungskriminalität hinzu.«

Ich verstand nicht. »Was meinst du damit?«

Claudia ging zum Kühlschrank und trank einen Schluck Saft. Dann blickte sie Sarah an, die immer noch vor sich hin weinte. »Erklär es ihr.«

Sarahs Blickte wanderten umher, als suche sie nach einem Ausweg, einer Spalte im Boden oder irgendwas, um darin für alle Zeiten unterzutauchen. Dann holte sie tief Luft. »Ich habe das Geld geklaut.«

Ich war fassungslos. Suchte nach Worten. »Du meinst ...«

»Ja, das Geld aus Hendriks Kassette. Und das aus Isabells Tasche. Und ...« Sie stockte, während ihre Blicke zu Claudia wanderten. »Und das Geld aus der Haushaltskasse. Gott, es tut mir so leid.«

Was bitte tut man mit einer liebgewonnenen Freundin, die einen komplett enttäuscht hatte? *Falte sie auf fünfzig mal fünfzig Zentimeter, press sie in einen Postkarton und kleb 'ne Freimarke nach Berlin drauf!* – schrie die Stimme in meinem Kopf. Eigentlich hätte sie es verdient! Ich blickte aufs Meer hinaus, in dessen Wellen sich Sonnenstrahlen brachen. Was wohl Richard dazu sagen würde? Bestimmt würde er mir eine Moralpredigt über die Prioritäten des Lebens halten und sagen: Ich habe dich ja gewarnt!

Ich griff in die Tasche meiner Kochhose, die mittlerweile ganz gut passte, und beförderte das Handy heraus. Noch ein paar Probleme mehr, und ich bräuchte eine Hosennummer größer. Und wahrscheinlich müsste ich dann auch die Nutzlast in Mokkaböhnchens Papieren überprüfen, wenn nicht sogar heraufsetzen lassen. O Mann! Der Ärger konnte einem schon ganz schön zusetzen. Ich blickte mich um, ob Brömme oder einer seiner Petz-Matrosen in der Nähe waren. Brömme mochte es nicht, wenn das Personal an Bord telefonierte. Schließlich kann man das nach Feierabend erledigen, posaunte er stets, während er selber telefonierte. Natürlich nur rein geschäftlich, wie er dann immer versicherte.

Ich sah weder Brömme noch jemanden anders und tippte mich durchs Adressbuch. *Ralf, Ria, Richard* … Es tutete. Nun mach schon, geh dran! Mir blieben noch zehn Minuten Pause, bevor die nächste Trauergesellschaft auftauchen würde.

»Verflucht! Jetzt nicht!«, kreischte Richard ins Telefon.

»Ich bin es, Rapunzel«, rief ich zurück.

»Ach herrje, du! Ich stecke mitten in einer Katzenmaske. Können wir später sprechen?«

»Dann stecke ich zwischen Schinkenröllchen und Waldpilzsalat«, erklärte ich.

»Verstehe! Halt still und den Kopf mehr nach links.«

»Hä? Ich soll den Kopf nach links drehen?«

»Nicht du! Verflucht, jetzt ist der Bart verschmiert!«

»Hast du dich testen lassen?«, rief ich ins Handy.

»Schätzchen, du nervst! Himmelherrgott noch mal, jetzt ist auch noch der Kajal abgebrochen!«

Ich sah ein, dass es keinen Sinn hatte, und drückte den Knopf mit dem roten Hörer. Eine Möwe landete direkt neben mir auf dem Boden des Schiffes. Irgendwie sah sie der ähnlich, die ich mit Hendrik mal befreit hatte. Ach, Hendrik … Ob ich ihn mal anklingeln sollte? Aber ich hatte keine Zeit für weitere Überlegungen oder das Gänseblümchenprinzip: Ich tu es! Ich tu es nicht!

Katzenjammer

Das hielt ja keine Sau aus! Miez-Miez führte sich auf wie eine sterbende Sirene, die sich gerade für das Musical Cats bewarb. Laut miauend warf sie sich immer wieder vor Knuffelbär hin und drückte ihren felligen Körper platt auf die Holzdielen, als sei sie ein Perserteppich.

»Meine Güte«, knurrte Ortrud. »Dein Kater macht die Katze ja völlig plemplem.«

Ich zog die Schultern hoch und verzerrte mein Gesicht zu einem unschuldigen Ausdruck. »Tja, Kerle eben!«

Ortrud bestrich die Rouladen mit Senf, schnitt Speck in Streifen und wickelte ihn mitsamt der geviertelten Senfgurken in das magere Rindfleisch. »Du solltest mal mit Hendrik reden«, sagte sie, während sie die Rouladen in den Bratentopf legte.

Ich hatte gerade einen Schluck Tee getrunken und verschluckte mich. »Was?«, fragte ich hustend.

»Er ist schließlich Tierarzt. Und so einen kleinen Eingriff, den merkt das Tier doch kaum.«

Ich verstand nur Bahnhof. »Welcher Eingriff?«, hüstelte ich, mit vorgehaltener Hand.

»Kastration«, sagte Ortrud und wedelte dabei mit dem Bratenwender, als sei er ein Skalpell.

Autsch! Knuffelbär sprang an mein Hosenbein. Und als hätte er die Bedeutung des Wortes erkannt, starrte er mich mit großen Kulleraugen an. Ein Kater ohne Hoden? Das wäre ja kein richtiger Kater mehr. So eine Art Richard auf vier Pfoten. Und wer wusste denn schon, wohin das letztendlich führen würde. Vielleicht sogar zum selben Katzenjammer, so wie es Miez-Miez gerade tat, nur dass der Kater ein Eunuchenlied miauen würde. Das konnte selbst Ortrud nicht wollen! Aber wirklich Ahnung hatte ich nicht von Katzen oder Kastration. Nur wollte ich keinesfalls Hendrik fragen.

»Ich will nicht mit ihm reden«, stellte ich klar.

»Es gibt aber keinen anderen Tierarzt von hier bis Garz«, sagte Ortrud.

»Ja und? Dann bleiben die Hoden eben dran!« Knuffelbär lockerte seine Krallen und begann zu schnurren. »Siehste! Er ist gegen Garz und Kastration.«

Zur Erklärung: Garz war der Ort, in dem Hendrik lebte. Garz liegt außerdem im Süden der Insel Rügen, ist flachwellig, etwa fünf Kilometer von der Küste entfernt, und die höchste Erhebung waren seinerzeit Isabells Brüste, die keinesfalls echt sein konnten!

»Dann müssen wir sie trennen«, entschied Ortrud und scheuchte mit dem Bratenwender Knuffelbär, der sich gerade Miez-Miez nähern wollte, in die Flucht. »Der Kater bleibt oben und die Katze unten.«

»Aha!«, erwiderte ich. Ich konnte mir aber absolut nicht vorstellen, dass sich die beiden Turteltäubchen trennen ließen, ohne Gegenwehr zu leisten. Trotzdem beließ ich es dabei und sparte mir jeglichen Kommentar. Schließlich war Ortrud in einer Trauerphase, auch wenn sie nach wie vor nicht über Harry sprach und auch die bestattungsrelevanten Formalitäten vor sich herschob. »Gibt es denn schon einen Bestattungstermin?«, fragte ich behutsam.

»Nächste Woche«, sagte sie, ohne aufzublicken.

»Und für was hast du dich entschieden?«

»Erdbestattung.«

»Aber Brömme meinte doch …«

»Was Brömme meint, ist mir egal! Er kannte Harry ja nicht einmal.« Sie goss Wasser auf die angebratenen Rouladen und schlug den Deckel auf den Topf. »Und außerdem will ich nicht darüber reden.«

Am Abend schlenderte ich zum kleinen Hafenrestaurant, wo ich vor Wochen mit Richard gegessen hatte. Der alte Fischereihafen war ordentlich belebt um diese Zeit. Überall standen, liefen oder saßen Touristen und nahmen der Insel ein kleines Stück Idylle. Ich setzte mich an einen der abseits stehenden Tische und lauschte dem Rauschen des Meeres, das sich mit Kinderlachen vermischte.

»Guten Abend, Madame«, sagte der Kellner, der uns einst mit Martinis abgefüllt hatte. Erst jetzt sah ich, dass er einen gezwirbelten Franzosenbart trug. Ich grüßte zurück, während der Kellner ein junges Paar abkassierte. Als sie aufstanden, blickte er mich erneut an. »Einen Martini Gibson?«

Das hatte er sich gemerkt? Ich schüttelte den Kopf. »Nein, danke. Ich wollte eigentlich nur für einen Moment den Ausblick genießen.«

Er nickte verständnisvoll und verschwand im Inneren des Speiselokals.

Ich lehnte mich entspannt in die schützende Rückenlehne des Strandkorbes, auf dem der Name des Fischrestaurants in verschnörkelter Schrift stand. Ach, wäre doch nur Richard jetzt hier! Der Blick auf die Uhr verriet, dass Richard jetzt nicht gerade inmitten einer Katzenmaske stecken oder über abgebrochene Eyeliner fluchen konnte. Ich winkte dem Kellner zu, während ich in meinem Rucksack nach dem Handy suchte. »Ach, bringen Sie mir doch einen Martini.«

»Ein Gibson, kommt sofort, Madame«, sagte er zwinkernd und tippte die Bestellung in seinen elektronischen Block.

Wo steckte nur das Handy? Es ist ein Phänomen – die Handtaschen und Rucksäcke einer Frau. Es finden sich darin allerlei nützliche Dinge wie Klammern, Feuerzeuge, Haargummis, Nagelscheren und zerfetzte oder längst abgelaufene Medikamentenschachteln. Natürlich ist zwischen all diesem Kram auch noch genug Platz für Schlüssel, Handys, Geldbörsen und tausend Wertgutscheine auf irgendwelche Angebote, die in der Regel nicht auf der Einkaufsliste stehen. Und jenes Teil – Frauen kennen das – das man gerade sucht, ist – ähnlich der zweiten Socken in der Waschtrommel – nicht auffindbar. Verflucht noch mal! Aber das Handy schien sich regelrecht vor einer Benutzung zu drücken. Mittlerweile hatte der Kellner ein Glas Martini gebracht. Ich nahm einen winzigen Schluck und setzte meine Suche fort. Nach weiteren zehn Minuten hatte ich es gefunden und das Kaubonbon entfernt, das daran klebte.

Ich wählte Richard an. »Hi, du gestresster Künstler«, begrüßte ich ihn vorsichtig, um mich allmählich auf die Frage vorzutasten, die mir unter den Nägeln brannte. *Hast du dich testen lassen? Du stirbst doch nicht etwa noch dieses Jahr?* Aber sosehr ich das Gespräch auch auf das Thema Doktor und Arztpraxen lenkte, Richard schlug immer einen Bogen darum und erklärte mir, wie viele Narben er heute schon geschickt überschminkt hatte. Ich musste stärkere Geschütze auffahren. »Was ich wissen will – hast du nun endlich mal diesen Gentest gemacht?«

Stille folgte.

»Richy? Bist du noch dran? Und leg ja nicht auf und schieb die Gesprächstrennung wieder auf den Telefonanbieter.«

»Als hätte ich das schon jemals getan«, sagte er.

»Und ob! Das machst du immer, wenn du nicht antworten willst.«

»Also, weißt du! Das ist doch gar nicht wahr!«

»Dann sag mir doch einfach, was der Arzt nun herausgefunden hat.«

Wieder Stille.

»Wenn du dich nicht testen lassen willst, dann sag es doch einfach!« Ich konnte Richard nicht verstehen. Wie konnte man weiterleben, wenn man nicht wusste, wie lange noch. So etwas verändert doch alles! Urlaubsplanung, zukunftsorientierte Umgestaltungsmaßnahmen des Wohnraums und selbst der Kauf eines Kleidungsstückes, welches man ja meist im Schlussverkauf für das darauffolgende Jahr erwirbt … Alles eben!

»Ich hatte noch keine Zeit dafür. Du weißt doch am besten, wie hektisch es derzeit am Theater zugeht. Und übrigens, bist du der heißeste Favorit für die Hauptbesetzung des Rapunzels. Und jetzt halt dich fest, Schätzchen, ausgeschrieben auf sage und schreibe achtzehntausend Euro im Jahr, inklusive Dreijahresvertrag.«

»Wow!«, stammelte ich verblüfft.

»Das ist mega-wow, Süße. Und karrieretechnisch von großem Nutzen.«

»Ich weiß nicht, Rich. Meinst du echt, ich kann einfach wieder bei Elke klingeln und nach einem Zimmer fragen?«

»Hör bloß mit Elke auf. Die dreht völlig am Rad, seit ihr weg seid. Sarahs Zimmer will sie einem verwahrlosten Azubi vermieten, weil Sarah einen halben Mietzins offen hat und sich nicht mehr meldet.«

»Was? Die tickt wohl nicht ganz sauber!« Ich war empört. Immerhin wusste Elke doch, dass Sarah Probleme hatte. Okay, Elke fiel also als Vermieterin weg! Und als

Freundin sowieso! Blieb nur noch, nach einer eigenen Wohnung zu suchen. Einer für Sarah und mich und vielleicht sogar für Richard. »Bestell Elke, sie kann uns mal. Und du hältst Ausschau nach einer WG-geeigneten Künstlerbude in Berlin.«

»Vergiss es!«, murrte Richard. »Allein Kaution und Courtage kosten so viel wie ein Kleinwagen.«

Hm … Es würde also schwieriger werden als angenommen. »Na und! Wir drei können das schaffen, hörst du?«

Das hatten die drei Musketiere doch auch! Einer für alle! Alle für einen!

Der kurzzeitige Traum einer Dreier-WG war schnell ausgeträumt. Sarah erklärte mir, dass sie nie wieder nach Berlin gehen würde. Bestenfalls auf Besuch. Richard war ebenso wenig begeistert davon, weil er bei Elke günstig wohnen konnte und nur wenige Minuten zur S-Bahn hatte. Und ich alleine hatte auch keine Lust auf eine Stadtwohnung. Es war also eine verzwickte Situation. Ich war quasi abgenabelt – von Berlin und meinem besten Freund. Und ich fühlte mich furchtbar. Wie gut, dass Ortrud merkte, wie schlecht ich mich fühlte. Sie setzte sofort eine Kanne Tee an – natürlich ihren Ostfriesentee – und setzte sich mir gegenüber. »Nun erzähl schon«, sagte sie mütterlich.

»Ich bin heimatlos, irgendwie jedenfalls.«

»Du meinst, weil dein WG-Zimmer futsch ist?«

Ich seufzte auf. »Was mache ich denn nur? In Berlin wartet die Rolle meines Lebens auf mich. Und hier bekomme ich maximal Rabatt auf meine spätere Seebestattung.«

Ortrud griff nach meinen Händen. »Schau dich um. Das hier kann dein Zuhause sein. Und vergiss nicht den attraktiven Tierarzt.«